Elle et aucune autre

L'un pour l'autre Vol 1

Carrie Ann Ryan

Elle et aucune autre

L'un pour l'autre
Tome 11
Carrie Ann Ryan

Elle et aucune autre
L'un pour l'autre
Par Carrie Ann Ryan
© 2016 Carrie Ann Ryan
eBook ISBN :978-1-63695-300-7
Print ISBN: 978-1-63695-141-6
Traduit de l'anglais par Adeline Nevo pour Valentin Translation

Tous droits réservés. Aucune partie de ce livre ne peut être reproduite, scannée ou distribuée sous quelque forme que ce soit, imprimée ou électronique, sans permission. Veillez à ne pas participer ni encourager le piratage de contenus déposés légalement en violation des droits d'auteur.

Ceci est une œuvre de fiction. Les noms, les lieux, les personnages et les incidents sont le produit de l'imagination de l'auteur et sont fictifs. Toute ressemblance avec des personnes réelles, existantes ou ayant existé, des événements ou des organismes serait une pure coïncidence.

Pour plus d'informations, abonnez-vous à la LISTE DE DIFFUSION de Carrie Ann Ryan.
Pour communiquer avec Carrie Ann Ryan, vous pouvez vous inscrire à son FAN CLUB.

Elle et aucune autre

Carrie Ann Ryan, auteure de best-sellers aux classements du New York Times et de USA Today, nous offre une nouvelle série contemporaine sensuelle.

Devin Carr aime sa vie. Il aime son travail, sa famille, ses perspectives de vie. Jusqu'à ce qu'il la rencontre. Erin. Dès qu'il la voit, saoule et vêtue d'une robe à sequins, avec son monde qui s'écroule autour d'elle et ses efforts pour ne pas perdre la face, il prend conscience de ce qu'il lui manque. Elle.

Quand Erin Taborn surprend son mari, l'homme qu'elle aime depuis le lycée, en train de coucher avec l'ancienne pom-pom girl star de l'équipe lors d'une réunion d'anciens élèves, elle essaie de se convaincre que tout va bien se passer. Reste à définir ce que « bien » signifie pour elle. Il n'y a qu'un seul problème. Devin. Elle ne l'avait pas prévu. Et pour quelqu'un qui tient à toujours tout prévoir, c'est un souci.

Elle va devoir y trouver une réponse si elle a envie que

cette relation entre amitié et amour fonctionne. Sinon, elle risque d'échouer, une fois encore.

Chapitre Un

Erin

— Oh mon Dieu ! Tu ne fais pas plus vieille que le jour de la remise des diplômes !

— Tu as vu sa robe ? Elle a accouché avec des hanches pareilles ?

— Tu te souviens de la fois où David et Jannie se sont fait prendre sous les gradins juste après le match ? Pas étonnant qu'ils aient douze enfants maintenant.

— Tu as vu son nez ? Elle l'a fait refaire, non ?

— Pourquoi est-ce que Becca n'est pas ici ? Elle s'imagine sûrement qu'elle vaut mieux que nous.

— Je ne sais pas du tout qui est cette femme. C'est une conjointe ou elle était avec nous ? Pourquoi est-ce que je ne me souviens pas d'elle ?

Je secouai la tête, retenant un sourire alors que je me

tenais près du bol de punch et écoutai les bavardages des personnes que j'avais fréquentées durant le lycée... voire même le collège ou la primaire pour certains. Le temps avait passé, les vies avaient changé, et pourtant... c'était toujours comme marcher dans les couloirs entre les cours.

Une femme vêtue d'une robe rouge scintillante me fit un signe de la main et je lui répondis, mais son regard dériva ensuite sur le côté. Je grimaçai. Apparemment, elle ne se souvenait pas de moi.

Super ces réunions d'anciens du lycée.

Pourquoi étais-je là déjà ?

Ah oui, parce que mon mari tenait à venir. C'était aussi la réunion de Nicholas, alors... on était là. Dans notre plus belle tenue de bal des années 80 ou 90 car, apparemment, c'était le *thème* choisi.

On avait pourtant été diplômés en 2009, mais bon, pas grave. J'avais joué le jeu, et même que j'aimais bien ma robe rouge à paillettes qui comportait une fente sur la cuisse. Ça rajeunissait mes seins d'une dizaine d'années.

Certaines personnes évitaient les réunions de lycée, faisant même leur possible pour ne jamais y penser. D'autres essayaient de se souvenir du bon vieux temps en se promettant de perdre ces cinq kilos tout en écrivant des listes de leurs accomplissements afin de pouvoir montrer au monde entier— alias leurs soi-disant vieux amis— à quel point ils étaient heureux, même si ce n'était pas le cas.

Comme moi ?

Je n'y avais pas beaucoup réfléchi.

Non, c'était faux, mais en même temps, je n'étais pas sûre que beaucoup se souvenaient de moi. J'avais été une élève studieuse qui ne parlait pas souvent en classe. C'étaient

Elle et aucune autre

Jessica et Jackie qui parlaient la plupart du temps. Les Jumelles-J, comme nous les appelions, qui étaient sorties avec Robbie et Reese, les jumeaux-R.

Je ne plaisante pas.

Les deux frères et sœurs étaient maintenant mariés et entourés par leur cour sur la piste de danse.

— Alors, leurs enfants sont cousins ? Frères et sœurs ? demanda Jenny près de moi.

Je ris en regardant l'une des rares personnes à qui je parlais encore depuis le lycée, et la serrai fort contre moi.

— C'est si bon de te revoir ! Leurs enfants sont cousins, mais... génétiquement ? Je ne sais pas si je voudrais faire leur diagramme de Venn.

— Je me suis toujours demandé si ça leur était arrivé d'échanger durant toutes ces années, déclara Jenny en sirotant son punch.

Je ris encore plus fort.

— On ne posera pas la question, Jenny D.

Ma vieille amie leva les yeux au ciel.

— Il faut bien que quelqu'un s'y colle. Et je suis Jenny S. maintenant. J'ai épousé Tony il y a huit ans.

— Mon Dieu, ça fait si longtemps ? dis-je en souriant.

— Oui. Toi et Nicholas êtes mariés depuis... quoi ? Six ans maintenant ?

Je hochai la tête tandis que les images des années écoulées défilaient dans mon esprit.

— C'est fou, hein ? Et nous revoilà, en sequins et ceintures de smoking.

Nous fîmes tinter nos verres en plastique et Jenny sourit.

— Je n'ai jamais porté de paillettes de ma vie— avant ce soir.

— Moi non plus. Par contre les pom-pom girls et l'équipe de danse, si. Mais tu es très en beauté, dis-je en souriant.

— Ahh, merci chérie. J'essaie. Je ne sors pas beaucoup ces jours-ci entre quatre enfants, l'église et tout ce qu'il y a à faire entre les enfants et l'école. Mais Tony aime bien qu'on sorte en amoureux au moins une fois par mois.

— Je n'arrive pas à croire que tu aies quatre enfants, dis-je en secouant la tête.

— Et moi je croyais que tu voulais des enfants. Je suis surprise que tu n'en aies pas, dit-elle avant d'ouvrir de grands yeux et de poser son verre. Oh mon Dieu. Je suis désolée. C'est la pire chose que j'aurais pu dire.

Je secouai la tête et posai mon propre verre pour pouvoir lui tenir la main.

— Tout va bien. On a décidé d'attendre que mon entreprise soit lancée et de trouver un endroit qui nous plaise.

— Quand même. Et si tu étais en plein essai et que tu n'y arrivais pas ? C'était grossier et méchant. Je suis vraiment désolée.

— Ne le sois pas. Pas avec moi.

Je savais que Jenny ne referait plus l'erreur avec qui que ce soit. Parler du fait de ne pas avoir d'enfants n'était pas facile, et même si j'avais mes raisons, chacun était différent.

— Jenny ! cria Tony depuis la piste de danse. Viens danser, chérie.

Il secoua les hanches et Jenny rougit.

— On m'appelle. C'était bon de te revoir, Erin. On devrait essayer de rattraper le temps perdu. Je déteste savoir que nous vivons dans le même État et qu'on ne se voit jamais.

Je la serrai à nouveau dans mes bras.

Elle et aucune autre

— On le fera. Promis. Maintenant, va nous montrer comment tu bouges.
— Je me débrouille pas mal, ça c'est sûr.

Elle me fit un clin d'œil et partit rejoindre son mari. Je continuai à sourire. C'était bon de voir les gens heureux — voire même plus qu'à l'époque du lycée pour certains. Moi en tout cas je l'étais, c'était sûr. J'aimais mon travail, mon mari et ma vie. J'étais *heureuse*. D'ailleurs, en parlant de mari, il fallait que je retrouve le mien. Je ne l'avais pas revu depuis un moment déjà. Il m'avait dit qu'il allait discuter avec des amis qu'il n'avait plus revus depuis longtemps.

Je fis signe à quelqu'un qui m'avait reconnue, sortis du gymnase et me dirigeai vers une autre partie du bâtiment où d'autres personnes étaient également rassemblées. Je passai devant la vitrine à trophées et touchai le verre du bout des doigts en faisant de mon mieux pour ne pas laisser de traces. Il y avait là quelques trophées de football, de basketball et de volleyball.

Et aussi le plus grand trophée de cheerleading de l'Histoire de l'humanité. Becca et son équipe avaient remporté le concours régional trois années d'affilée, et l'avaient bien fait savoir à tout le lycée. Elles s'entraînaient dur et j'avais toujours été fière d'elles— même de Becca, qui me méprisait ouvertement parce que je sortais avec Nicholas.

Moi je ne la détestais pas, mais nous n'étions pas amies non plus. *L'adolescence*, me dis-je en soupirant.

Je regardai la vitrine à trophées de plus près. Je faisais partie de l'équipe de natation, mais j'étais dans la catégorie B. Nicholas était dans la catégorie A, mais c'était uniquement parce que nous n'avions pas assez de terminales.

J'avais des copines, mais elles faisaient toutes parties

d'autres groupes d'amis. J'avais un endroit où m'asseoir à la cantine— juste à côté de Nicholas— mais nous n'étions pas à la table de ce que l'on appelait les « cool », car nous n'étions ni des sportifs, ni du club de théâtre ni de tout autre groupe important à l'époque.

J'étais juste... là.

J'avais obtenu mon diplôme et j'étais partie à l'université avec Nicholas, mon petit ami tout aussi moyen mais décent. Le temps avait passé. J'avais terminé l'université avec lui et nous nous étions mariés. Nous nous aimions, avions le genre de rapports que pouvait avoir un couple ensemble depuis l'âge de quatorze ans. Peut-être même l'âge de dix si on comptait l'époque où on s'était rencontrés. Mais dans l'ensemble, j'étais heureuse.

J'avais juste besoin de retrouver Nicholas pour m'amuser un peu plus à cette soirée.

— Salut Erin ! Ta sœur est venue avec toi ? demanda une voix derrière moi.

Je me tournai en fronçant les sourcils et essayant de me souvenir du propriétaire de cette voix et de ce visage familier, avant de sourire.

— Bonjour Shawnie. Non, elle n'est pas venue. Jennifer avait quelques années de plus que nous, tu te souviens ? Mais j'ai amené mon mari.

Shawnie me prit dans ses bras et je grimaçai tellement il me serrait. Shawnie était déjà grand au lycée— large mais bien bâti compte tenu de sa position sur le terrain de football. Il était encore plus costaud à présent, mais toujours en pleine forme. À l'époque, il faisait partie de l'équipe qui avait participé au championnat d'État, ce qui était énorme, car ça avait été l'unique fois pour notre lycée. Je le serrai avec force, puis reculai pour étudier son visage. Shawnie avait plutôt bien vieilli. Il n'avait pas du tout l'air d'avoir pris dix ans. Sa peau foncée était sans rides, à l'exception de deux minuscules au coin des yeux – l'homme adorait sourire. Ça avait toujours été le cas, et j'étais heureuse qu'il en soit toujours ainsi. Ça signifiait que ça se passait probablement bien pour lui, et il le méritait.

— Tu as l'air en pleine forme, Erin.

— Merci.

— Mais je suis triste que ta sœur ne soit pas là.

— Tu as toujours craqué pour elle, dis-je en secouant la tête.

— Évidemment. Ta sœur était un vrai canon.

— Merci de me faire me sentir comme du foie haché, dis-je en plaisantant.

Shawnie mit ses mains sur son cœur et fit un pas en arrière.

— Comment oses-tu penser que je ne te trouve pas aussi attirante. Mais tu as toujours été si attachée à Nicky que personne n'avait aucune chance avec toi.

Je remarquai qu'il avait retenu un ricanement au nom de *Nicky*.

— Tu sais qu'il déteste qu'on l'appelle Nicky, dis-je en grimaçant.

— Je crois que c'est bien pour ça qu'on l'appelait comme ça. Il était tellement con avec ça.

— Eh bien, ce con est maintenant mon mari, dis-je en souriant.

Shawnie eut la grâce d'avoir l'air légèrement embarrassé, mais ça ne l'empêcha pas de continuer à sourire.

— Oups.

— Oui, oups. Mais c'est toujours mon Nicholas. Je le cherche d'ailleurs. Tu ne l'aurais pas vu dans le coin ?

— Non, sinon je ne l'aurais sûrement pas traité de con devant toi. Désolé pour ça, ma belle.

— Pas de soucis.

Nicholas se prenait souvent ce genre de quolibet à l'époque, mais c'était quand même un homme adorable. J'étais sûre d'avoir eu moi-même des surnoms pires... Probablement.

— Alors, qu'est-ce que tu deviens ?

— Oh, la routine. J'ai joué au ballon à l'université, même si je n'ai pas été sélectionné comme certains l'auraient cru, répondit-il avec nonchalance.

— Je me suis posé la question, dis-je en fronçant les sourcils. Je n'ai pas trop suivi l'évolution de tous les élèves du lycée, ça aurait été compliqué avec la taille de notre classe, mais je me suis posé la question.

— Ça n'a jamais vraiment été mon truc. Oh, j'aimais le football, mais j'étais juste bon, pas extraordinaire.

— Ce n'est pas le souvenir que j'en ai.

J'étais pratiquement certaine d'avoir entendu dire que son record de vitesse n'avait jamais été battu ici.

— Eh bien, je voulais obtenir mon diplôme et lancer mon entreprise. Puis j'ai rencontré Tomi et nous avons eu nos trois enfants. J'ai préféré ça plutôt que vivoter dans le sport professionnel pendant quelques années jusqu'à ce que mes genoux lâchent.

— Tu es marié ? Et tu as des enfants ? m'exclamai-je en souriant largement.

Il avait l'air si fier de sa petite famille. Et quand il parlait

Elle et aucune autre

« ballon », c'était plus comme s'il en avait fini avec ce chapitre de sa vie que comme s'il le regrettait. C'était une bonne chose : s'accrocher au passé n'était pas toujours ce qu'il y avait de mieux.

— Tomi était l'amour de ma vie. Je l'ai perdue il y a deux ans d'un cancer. Mais j'ai mes trois petites filles. Et elles sont horriblement mignonnes. Tiens, j'ai des photos.

Shawnie ne me laissa pas le temps de présenter mes condoléances ou de trouver quelque chose à dire face à une perte si tragique. Malgré sa souffrance, il avait plaisanté au sujet de ma sœur, et je ne l'avais pas vu. Sans savoir quoi dire, je lui serrai le bras, essayant de lui apporter toute forme de réconfort possible.

J'ignorais ce que je ferais si je perdais Nicholas, et honnêtement, je ne voulais même pas y penser.

Je regardai donc avec attendrissement les trois doux visages souriants de la photo.

— Elles sont adorables, Shawnie.
— Les portraits crachés de Tomi.
— Hé, tu n'es pas trop moche, le taquinai-je.

Il rejeta la tête en arrière et éclata de rire.

— Je suis désolée, Shawnie, murmurai-je.

Il se contenta de sourire, le regard à la fois triste et empli de force.

— Merci. J'aurais aimé qu'elle soit là pour pouvoir la présenter à tout le monde. Mais la vie ne fonctionne pas toujours comme on le souhaite. Bon, j'y retourne, c'était bon de te voir, Erin.

— C'était bon de te voir aussi, Shawnie.
— Et si je vois Nicky, je te l'enverrai, dit-il avec un clin d'œil.

9

Je poussai son épaule de la mienne avant de lui adresser un petit signe de la main alors que je retournais à mes recherches. Je n'avais pas vu mon mari depuis au moins trente minutes, et ça commençait à m'inquiéter. Nous n'étions pas toujours collés l'un à l'autre, mais quand même. Je sortis mon téléphone et lui envoyai un nouveau SMS : pas de réponse. J'appelai : pas de réponse.

— Ben alors, murmurai-je.

Je continuai à arpenter les couloirs et en voyant les toilettes, je décidai d'y faire un arrêt.

À l'instant où je posai ma main sur la porte, j'entendis un étrange bruit qui me mit mal à l'aise. Finalement je haussai les épaules et poussai la porte, avant de me figer devant le spectacle qui s'offrait à moi.

Non, ce n'était pas un rêve. Ce n'était pas la fin du monde, juste la fin de *mon* monde. Ce n'était pas un film d'horreur, mais de l'horreur pure. Aucune ambiguïté ou incertitude.

C'était la vraie vie. Il n'y avait aucun retour arrière à partir de ce point, nulle part où aller à part regarder ce qui se passait devant moi.

Nicholas— Nicky—mon mari, l'homme qui partageait ma vie depuis que nous avions dix ans, celui qui faisait partie de ma vie amoureuse, mon *unique* vie amoureuse, depuis si longtemps, se trouvait là, le pantalon autour des chevilles et les mains sur les cuisses de Becca, la pom-pom girl en chef, alors qu'il la besognait. Il grognait et haletait, chose qu'il n'avait jamais faite avec moi. Du moins, pas depuis plusieurs années. Il était toujours doux et délicat avec moi, comme si j'étais de la porcelaine et qu'il craignait de me blesser.

Elle et aucune autre

Il allait certainement laisser des bleus sur les cuisses de Becca. Il allait et venait en elle, ses fesses se contractant alors qu'il grognait, avant de baisser la tête pour renifler de la poudre blanche sur les seins exposés de Becca.

Mon mari, l'amour et la lumière de ma vie, sniffait de la coke sur les seins de la pom-pom girl du lycée tout en la pilonnant.

Quel était ce cauchemar ?

Je dus faire du bruit, j'ignore lequel, probablement un hoquet ou peut-être que j'avais dit tout ça à voix haute. Quoi qu'il en soit, les deux se tournèrent vers moi en même temps. Les yeux de Nicky s'écarquillèrent et Becca sourit comme un chat devant un bol de crème. Ou un canari. Ou peut-être une autre métaphore en rapport avec le sexe à laquelle je ne voulais vraiment pas penser.

Parce que mon mari me trompait *et* qu'il se droguait.

Je ne savais absolument pas quoi dire.

Y avait-il des mots pour ça ? Y avait-il une putain de carte Hallmark ? Sûrement !

Nous sommes désolés que votre mari fourre de la coke dans son nez et son sexe dans la pom-pom girl.

— Merde, Erin. Qu'est-ce que tu fais ici ?

Il était toujours en elle, les hanches remuant légèrement. Apparemment, il ne s'en rendait même pas compte. Il s'essuya la poudre du nez et je clignai des yeux.

— C'est ça ta question ? Ce que je fais ici ?

Seigneur Dieu.

— Tu es censée être à la fête, bégaya-t-il.

— Oui, chérie, tu es censée être à la fête, renchérit Becca d'une voix chantante.

— Je n'arrive pas à croire que je sois devenue un tel cliché, dis-je en les regardant tous les deux. Un putain de cliché.

Mon cœur aurait pourtant dû me faire mal, comme s'il se brisait en deux. J'essayai de reprendre mon souffle et luttai contre l'engourdissement. Mais impossible. Je ne pouvais rien faire, même pas pleurer, crier ou lancer de choses. Il n'y avait *rien*.

Je n'étais rien.

Je me retournai et sortis des toilettes, le bruit de mes talons résonnant dans le vide sur le carrelage du couloir.

Il n'y eut pas de cris, pas de supplications, pas de bruits de pas essayant de me rattraper. Personne ne me suivit... car il ne comptait pas me poursuivre.

Il allait probablement d'abord en finir avec elle et terminer sa dernière ligne de coke.

J'avais besoin d'un putain de verre.

Je bousculai les gens, certaine qu'ils ne se rendaient même pas compte de ma présence. Ils étaient trop occupés à regarder leur propre vie, qui n'était peut-être pas parfaite mais devait quand même être mieux que la mienne avec ce que je venais de voir.

Mes mains tremblaient et je savais que j'avais probablement l'air d'une dingue, peut-être même un peu en colère, mais je m'en fichais.

Je quittai le lycée, montai dans ma voiture, démarrai le moteur et cherchai le bar le plus proche.

Le fait qu'il ne soit qu'à cinq minutes de là aurait peut-être dû m'inquiéter, mais je m'en fichais. J'avais juste besoin d'un putain de verre.

Il ne me vint pas à l'esprit, jusqu'à ce que j'ouvre la

Elle et aucune autre

porte, que j'étais toujours dans ma robe à paillettes des années 80 et les cheveux probablement échevelés. J'avais sûrement l'air au bord de la crise de nerfs.

Mais ça m'était égal. J'ignorai les regards et les murmures, et me frayai un chemin jusqu'à un tabouret de bar vide et m'assis à côté d'un homme aux larges épaules portant un Henley moulant.

Il me regarda et fronça les sourcils. Je l'ignorai et levai le menton, attendant que le barman me voie.

— Erin ?

Je me figeai car je connaissais cette voix. Je m'en souvenais.

Je me tournai et vis Devin Carr. Un ami du lycée— ou du moins de ma sœur, Jennifer. Ils étaient sortis ensemble un petit moment, même si je m'en souvenais à peine.

Je secouai la tête à ma malchance. *Bien sûr*.

— Bonjour, Devin.

— Je suppose que la réunion des anciens du lycée ne s'est pas bien passée ? dit-il sèchement. Amelia, ma sœur, m'en a parlé.

— Est-ce que voir son mari sauter la pom-pom girl tout en sniffant de la drogue, est considéré comme « bien se passer » ? demandai-je, surprise d'avoir réussi à prononcer ces mots.

Alors que je clignai des yeux en essayant de rassembler mes pensées, il me fit un petit signe de tête et jeta un coup d'œil au barman.

— On va avoir besoin de deux shots de votre meilleure tequila.

— Je suppose que c'est pour toi ? demandai-je.

— Non, j'ai bu ma bière. Les deux sont pour toi. J'ai pensé que tu en avais besoin.

Et à ce moment-là, je sus que Devin Carr allait être mon meilleur ami.

Du moins, pour ce soir.

Chapitre Deux

Devin

Je souris à la femme en robe à paillettes, et tends ma bouteille de bière pour trinquer avec son premier shot. Quand j'étais entré dans le bar un peu plus tôt pour prendre un verre après une longue journée, je ne m'attendais pas à trouver un tel divertissement. Mais puisque c'était le cas, je n'allais pas laisser ça filer.

Et puis j'avais vu son regard : empli de douleur et d'une énergie hystérique qui signifiait qu'elle pourrait finir par faire quelque chose qu'elle regretterait au matin. J'étais déjà passé par là, et étant donné que je connaissais Erin— un peu en tout cas— je n'allais pas la laisser faire quelque chose qu'elle détesterait. D'ailleurs je ne laisserais pas non plus arriver ça à quelqu'un que je ne connaissais *pas*, mais là c'était un peu plus personnel.

Erin vida le shot cul sec, et je pris une gorgée de ma bière avant de poser ma bouteille. J'avais le sentiment de devoir m'assurer qu'elle rentrerait saine et sauve chez elle— une fois qu'elle m'aurait tout raconté.

Je connaissais Erin depuis l'époque où je sortais avec sa sœur aînée, Jennifer. Jenn et moi avions le même âge, tandis qu'Erin était un peu plus jeune. Elle était peut-être plus âgée qu'Amelia, ma petite sœur, mais je n'en étais pas vraiment sûr. Tout ce que je savais, c'est qu'elle était plus jeune que moi. Peut-être même plus jeune que mon petit frère, Caleb.

Vu notre différence d'âge, nous n'avions pas été au lycée à la même époque, mais je la connaissais.

Je savais aussi qu'elle avait épousé son petit ami du lycée. Ma sœur l'avait mentionné à un moment donné, bien que nous ne vivions pas dans une petite ville. Je veux dire, Denver était tout de même une grande ville, et nous ne savions pas tout sur tout le monde.

Cependant, je savais qu'Erin revenait de sa réunion d'anciens élèves du lycée, habillée comme... Dieu sait quoi...

Oui, j'avais bien envie de connaître l'histoire. J'étais un vrai curieux.

— Ça va mieux ? demandai-je en étudiant son visage.

Elle avait les yeux écarquillés et semblait légèrement hystérique, mais ça allait. Le vert clair de ses iris était presque perçant, et c'était difficile de rester concentré quand ils étaient braqués sur moi. Je ne me souvenais pas que Jenn ait eu des yeux pareils, et je n'avais jamais vraiment remarqué ceux d'Erin quand nous nous croisions à l'époque.

Mais là je les remarquais.

Quoique.... Comme elle portait toujours une alliance – même si visiblement il la trompait— mieux valait que je ne m'attarde pas trop sur ses yeux. Ou ses pommettes saillantes, ou la façon dont ses cheveux blonds et bouclés étaient attachés sur le sommet de sa tête en une étrange coiffure de bal.

Je n'allais rien remarquer de tout ça. Ou de ses courbes. J'allais juste l'écouter et m'assurer qu'elle allait bien. Parce que c'était dans ma nature : m'assurer que mon entourage allait bien.

Mon frère aîné Dimitri était pareil. Tous deux, nous nous occupions de nos frères et sœurs cadets, même si ça nous rendait barbants.

J'étais donc prêt à m'occuper d'Erin. Parce qu'apparemment elle avait passé une soirée cauchemardesque.

— Je n'avais pas pris de shots de tequila depuis bien trop longtemps, déclara-t-elle en vidant le deuxième.

Mes sourcils se haussèrent et je pris une gorgée de bière.

— On dirait que tu as pigé le geste, dis-je en l'étudiant à nouveau.

— Eh bien, j'ai passé une soirée vraiment merdique. Mais je devrais arrêter la tequila et prendre de l'eau, parce que je suis venue en voiture. Mais je n'avais pas réfléchi à la suite.

— Prends ce que tu veux, on s'occupera de toi. On ne te laissera pas conduire chez toi en état d'ébriété.

— Tu me fais des avances ? Parce que je suis mariée.

Ses yeux s'agrandirent puis se remplirent de larmes, et je jurai dans ma barbe.

— Ce ne sont pas des avances, Erin. J'appellerai ta sœur, ou je te ramènerai à la maison. Ne t'inquiète pas, je ne suis pas un étranger. Et je ne vais pas profiter de toi. Promis.

— Les promesses, c'est de la merde apparemment, dit-elle en secouant la tête. Il m'a trompée. Sa queue était enfoncée dans la pom-pom girl.

— L'actuelle pom-pom girl ? demandai-je, un peu inquiet.

Elle secoua la tête en prenant une grande gorgée du verre d'eau que le barman venait d'apporter. Je hochai la tête en guise de remerciement, et elle fit de même tout en buvant.

— Non, la pom-pom girl de l'époque. Je ne savais même pas que ce genre de choses pouvait arriver pendant ces réunions.

— Eh bien, si les gens s'en moquent, ce n'est pas pour rien. Les vieilles histoires et rancunes qu'on pensait oubliées, ressurgissent pour vous mordre le cul pendant ces soirées. C'est probablement pour ça que je ne suis jamais allé aux miennes.

— Alors tu as bien fait. C'est Nicholas qui voulait y aller. Je pensais que c'était parce qu'il était un peu fatigué, et qu'en attendant son prochain projet, il voulait montrer à tout le monde comme il s'était bien débrouillé. Mais ce n'est pas vraiment le cas. Je veux dire, mon travail... marche bien. J'ai une entreprise de décoration de gâteaux qui se porte bien. Je m'en sors très bien, même si ce n'était pas l'avis de Nicholas. Il pense que c'est juste un passe-temps. Mais ce soi-disant petit à-côté a payé notre hypothèque pendant qu'il attendait son prochain grand projet : vendre la plus grande et meilleure propriété. Il attend toujours qu'une grande affaire émerge. Mais il semble que ce soit d'autres choses qui émergent... dans la pom-pom girl.

Je retins un sourire, amusé de sa façon de divaguer. Oui, les sœurs Rose étaient hilarantes à l'époque, et j'aimais les fréquenter. À présent Jennifer était mariée et n'était plus une

Rose. Erin était apparemment mariée aussi— et n'était plus une Rose non plus.

D'ailleurs je n'étais pas tout à fait sûr de son nom de famille.

— Nicholas... Nicky... Taborn ? demandai-je en retenant un autre sourire alors qu'elle plissait à nouveau les yeux.

— Il déteste qu'on l'appelle Nicky.

— Alors tu vas l'appeler Nicky maintenant ?

— Peut-être. Je ne sais pas. Je le connais depuis mes dix ans. On est amoureux depuis le collège. À la fac on s'est installés ensemble, et ensuite on s'est mariés. La totale. Et après il m'a trompée. Je ne sais pas non plus si ce soir c'était la première fois. Peut-être que ça dure depuis longtemps. Il prenait de la coke aussi, murmura-t-elle. Je crois que c'était de la coke. Tu sais, la poudre blanche que tu mets en lignes. Il la sniffait directement sur ses seins. Mais merde quoi !

Je me figeai en essayant d'imaginer la scène.

— Doux Jésus, marmonnai-je.

— Exactement. Doux Jésus.

— Tu veux que je t'offre un autre verre ? Parce qu'on dirait que tu en as besoin.

— Je ne devrais pas.

— Je te raccompagnerai chez toi, Erin.

— Et ma voiture ? Je ne sais pas, murmura-t-elle.

— Je m'en occuperai. Si tu veux boire toute la nuit, ne te gêne pas, et si tu préfères rentrer, tu peux aussi. Tu veux y retourner et faire un scandale ? On peut aussi.

— Non, je n'ai vraiment pas envie d'y retourner, dit-elle en baissant les yeux sur sa robe et jouant avec un sequin. Ils nous ont demandé de porter des vêtements d'une époque où nous n'étions même pas au lycée. J'ai l'air ridicule.

Elle regarda par-dessus son épaule et grimaça.

— Venir ici n'était probablement pas la meilleure des idées, vu à quoi je ressemble.

— Tu es très bien, Erin, dis-je doucement.

Je ne disais pas ça pour la draguer, mais elle avait l'air si brisée et perdue. Et j'avais tendance à vouloir aider quand je voyais ce genre de choses. J'avais sûrement tort, étant donné que ce n'était pas mon problème, mais c'était elle qui s'était assise à côté de moi sur ce tabouret de bar. Il y avait un lien entre nous. Bien sûr on se connaissait depuis longtemps, mais il ne s'agissait pas de ça. C'est juste que je ne pouvais pas la laisser comme ça.

Alors quand elle commanda une bière après la tequila, je demandai un verre d'eau et restai là pendant qu'elle parlait. Je voulais qu'elle sache qu'elle n'était pas seule, même si je n'en avais aucune idée. Après tout je ne connaissais plus Erin Rose, non... Erin *Taborn*.

Je ne l'avais jamais vraiment connue à l'époque non plus. Peu importe, je détestais la voir traverser ça.

Je retins une grimace en pensant à ma propre famille et à la façon dont la trahison l'avait détruite. Car l'infidélité brisait la confiance et gâchait tout. Jusqu'à ce que quelqu'un s'en aille ou se saoule à mort.

Et même si Erin n'avait bu que deux shots et une seule bière coupée d'eau, je savais que ce n'était pas la même chose. Ça ne pouvait pas être la même chose que ce que j'avais vécu, ce de quoi j'avais dû protéger mes frères et sœurs.

Mais quand même, revoir ainsi ce qu'avait été mon enfance n'était pas facile. Je ne voulais pas qu'Erin traverse ça. Je ne la connaissais pas très bien, mais je ne voulais pas qu'elle vive ça.

Alors quand elle termina sa bière et qu'elle voulut payer, je secouai la tête et avançai ma carte de crédit.

— C'est pour moi.

— Tu ne devrais pas. Je devrais appeler un Uber. Je ne sais pas pour ma voiture.

Elle se parlait toute seule et j'avais l'impression qu'elle ne buvait pas souvent ou qu'elle avait une faible tolérance à l'alcool. Je voyais son regard se brouiller, et ce n'était pas à cause des larmes, parce qu'elle n'avait pas pleuré. Elle avait vraiment assuré à ce niveau. Mais le jour où le barrage romprait, je n'étais pas sûr de vouloir être là. Mais je pouvais au moins faire en sorte qu'elle rentre saine et sauve chez elle.

— C'est pour moi. Et je vais te ramener chez toi.

— Je ne veux pas rentrer à la maison, murmura-t-elle en baissant les yeux sur son sac à main. Et s'il était là ? Que suis-je censée lui dire ?

Je jurai dans ma barbe.

— Je n'y avais pas pensé. D'accord, je te laisse mon canapé.

Elle vacilla sur son tabouret et cligna des yeux.

— Je ne pense pas que ce soit une bonne idée, Devin.

— J'ai aussi une chambre d'amis. Je te promets que ce n'est pas un piège. On va juste te trouver un endroit où dormir, et tu pourras réfléchir à ce que tu veux faire demain matin. Promis.

Elle m'étudia un instant avant d'acquiescer, et je me demandai si c'était une bonne idée. Je n'allais pas coucher avec elle, même sans tout ce qui venait de se passer, mais ma proposition pouvait paraître louche... ou fausse.

Je réfléchis aux différentes possibilités. Je ne pouvais pas la laisser ici, et elle n'avait nulle part où aller. En tout cas elle n'en avait pas parlé : ni de ses amis, ni de sa famille, pas même sa sœur. Je décidai donc de m'occuper d'elle pour la nuit, puis de la laisser partir.

Parce que je savais ce qu'on ressentait quand on était l'autre personne. Quand on voyait sa vie s'effondrer parce que quelqu'un vous avait trahi. Je n'étais peut-être pas celui qui avait été trompé, mais j'avais été celui qui avait été brisé et abandonné.

J'ignorais si Erin avait des enfants, mais si c'était le cas, je me disais qu'elle en aurait au moins parlé une fois.

Cependant, je ne la connaissais pas vraiment.

Je réglai rapidement, et nous partîmes vers ma voiture avec Erin qui s'accrochait fortement à mon bras.

— Désolée, je n'ai pas vraiment mangé aujourd'hui, et je ne bois pas d'habitude, et en plus je suis en talons. C'est pour ça que je suis dans cet état.

Elle s'essuya le visage, ce qui étala son mascara. Je me contentai de secouer la tête et l'aidai à monter dans la voiture.

— Pas de soucis. Ça nous arrive à tous.

— Ah oui ? Tu t'es déjà retrouvé seul dans un bar dans une robe à paillettes à te saouler avec quelqu'un que tu ne connais pas vraiment ?

— Eh bien, je ne sais pas pour la robe à paillettes, mais peut-être une petite robe portefeuille. Un truc moins voyant.

Elle éclata de rire, exactement comme je le voulais, et je refermai la portière avant de faire le tour du pick-up.

C'était un vieux pick-up Ford qui avait appartenu à mon grand-père. Je l'adorais, même si c'était déjà un vieux modèle à l'époque. Mon père et moi l'avions retapé quand j'étais jeune, et j'avais continué par la suite, à l'aide de mes frères. Je ne le sortais pas souvent étant donné que j'avais un véhicule professionnel, mais je l'avais pris ce soir. C'était un pick-up idéal pour les petites sorties, et comme je ne craignais pas de l'abîmer, je ne m'inquiétais pas de l'endroit où je le garais, de la météo ou de ce genre de choses.

Il ne consommait pas trop de carburant et m'emmenait là où je voulais. Il me remémorait également certains membres de la famille dont j'oubliais parfois l'existence ou que j'essayais d'oublier lorsque la douleur devenait trop forte.

Je repoussai mes idées déprimantes. Peut-être que je devrais me passer de bière si ça me faisait penser à ce genre de vieilles conneries.

— J'aime bien ta voiture, déclara Erin.

— Moi aussi. C'est une bonne voiture.

Je tapotai le tableau de bord et démarrai le moteur. Il rugit à la vie, et je souris. Oui, j'adorais mon pick-up.

— Qu'est-ce que c'est ?

— Un pick-up Ford F1 de 48.

— C'est censé vouloir dire quelque chose ? Désolée, je n'y connais rien.

— Ça veut dire que c'est un bon véhicule. Et ne t'inquiète pas, il te mènera là où tu dois aller. Tu es sûre qu'il n'y a personne que je puisse appeler pour toi ?

Elle baissa les yeux sur ses mains, et je voulus me gifler de l'avoir mentionné.

— Pas vraiment. Jenn dort probablement. Elle a trois enfants et a tendance à se coucher tôt ces jours-ci, parce qu'ils se réveillent tous avant l'aube, semble-t-il.

— Jenn a trois enfants ? demandai-je en secouant la tête. J'ai toujours pensé qu'elle ne voulait pas d'enfants.

— Oui, c'est ce qu'elle disait. Du moins quand elle était adolescente.

— Jenn a trois enfants. C'est fou.

— Pas d'enfants pour toi ? demanda-t-elle, changeant habilement de sujet sur le fait qu'elle n'avait personne à appeler.

Peut-être que je lui redemanderai plus tard. Ou pas. Après tout, ce n'étaient pas mes affaires.

— Pas d'enfants, pas de femme. Je suis occupé avec le boulot et la famille. Mais je ne suis jamais vraiment seul avec tous les frères et sœurs Carr.

Je grimaçai. Oui, j'étais nul en conversation.

— Nicholas et moi, nous sommes mariés juste après l'université. Mais on n'a pas d'enfants. Nous voulions nous concentrer sur nos carrières. Je n'ai jamais été pressée d'être maman. Bien sûr, je ne pensais pas non plus que Jenn serait pressée de l'être, et maintenant elle a trois bébés.

— Je parie que tu es une tante géniale, Erin.

— J'espère. Je veux dire, les enfants m'adorent. Et j'essaie de les gâter, au grand dam de Jenn.

— On dirait qu'elle est heureuse.

— Elle l'est. Ça ne t'embête pas ?

Je ris en tournant dans la rue.

— Ça me va très bien. Nous ne sommes pas restés longtemps ensemble.

— Oh, mais elle était tellement amoureuse de toi.

— Oui, les amours d'adolescence qui ne sont pas vraiment de l'amour.

— Moi je pensais que les adolescents pouvaient vraiment aimer. Après tout, je pensais que j'aimais Nicholas. Encore une fois, j'eus envie de jurer, mais je me retins.

— Je n'ai pas dit que tous les amours d'adolescence sont faux. Et tu peux toujours avoir des sentiments. Ce n'est pas parce que c'est un connard qui mériterait une bonne raclée que tu ne l'as pas aimé ou que tu ne l'aimes plus.

— Oui, et qu'est-ce que ça dit sur moi ? Que je pourrais aimer quelqu'un qui peut me faire une chose pareille ? Je suis donc un paillasson ?

Je secouai la tête, puis lui serrai la main.

— Il n'y a rien de paillasson en toi, du moins de ce que je sais.

— Tu me connais depuis environ une heure.

— Je t'ai connue quand tu étais petite, tout comme je connaissais Nicky. Tu es une battante. Tout ira bien, d'accord ?

— Peut-être que tu as raison. Ou peut-être que je dois oublier, juste pour une minute.

J'étudiai son visage en cherchant à comprendre à quoi elle pensait.

— J'ai de la bière à la maison.

— Peut-être que tout ira bien pour moi. Peut-être.

Le temps qu'on arrive, elle dormait déjà. Probablement épuisée par les événements et le fait qu'elle était un poids plume.

Je la bordai sur le canapé pour qu'elle puisse facilement voir la porte et peut-être se rappeler où elle se trouvait au réveil. Je ne voulais pas la porter à l'étage jusqu'à la chambre d'amis et prendre le risque de lui faire peur. De plus, l'idée de la tenir contre moi comme je l'avais fait quand je l'avais portée à l'intérieur, n'était probablement pas une si bonne idée. Elle m'avait paru chaude et douce dans mes bras. Mais elle n'était pas à moi, et ce serait bien de m'en souvenir.

Je retirai ses chaussures et songeai à ôter sa robe, mais je n'étais pas con à ce point. Je me contentai donc de la border en espérant qu'elle soit à l'aise.

Je dormis avec la porte de ma chambre ouverte afin de l'entendre si elle se levait. Je savais qu'elle pourrait appeler un service de covoiturage si elle le voulait ou en avait besoin, mais je ne l'entendis pas partir.

Je me réveillai le lendemain matin avec l'impression que quelqu'un me regardait. J'ouvris péniblement les yeux, et retins un rire, ainsi qu'un cri, puisqu'Amelia et Caleb me fixaient tous les deux.

Ils se ressemblaient tellement avec leurs cheveux noirs et leurs grands yeux, mais en voyant leurs sourires de connivence, je me demandai ce que ça signifiait.

Puis je me souvins.

Erin. Sur mon canapé. En robe. Dans le cirage.

Merde.

— Alors, grand frère, tu vas nous dire ce qui se passe ? demanda Amelia en battant des cils.

— Tais-toi. Comment êtes-vous rentrés ?

— Tu nous as donné les clés, déclara Caleb assis au bout du lit.

— Dégage de mon lit.

— Je ne crois pas. Que fait Erin Taborn ici ? demanda-t-il en croisant ses bras sur son large torse.

— Tu connais Erin ?

— Oui, en passant.

— Elle est très gentille, mais je la croyais mariée. Je n'ar-

Elle et aucune autre

rive pas à y croire, Devin. Tu veux que j'appelle Dimitri ? Parce qu'il va te botter le cul.

— Je pourrais très bien lui botter le cul moi-même, marmonna Caleb.

— Évidemment, mais tu es le petit frère.

— Je suis quand même ton aîné, grogna-t-il.

— D'accord, ça suffit tous les deux. Tu n'as pas besoin d'appeler Dimitri. Erin a passé une sale soirée hier. Je l'ai rencontrée dans un bar et je lui ai proposé de dormir sur mon canapé. Il ne s'est rien passé. Mais la raison pour laquelle elle a passé une mauvaise nuit, la regarde. Elle vous le racontera si elle veut.

Amelia se retourna et je me redressai rapidement pour lui tirer les cheveux.

— Hé. Attention à mes cheveux. Je viens de me faire faire un brushing.

— Je ne veux même pas savoir ce que c'est, grognai-je en sortant du lit.

Heureusement, comme Erin était là, j'avais mis un pyjama. J'étais soulagé de l'avoir fait, étant donné que mes frères et sœurs étaient là.

— Ça veut simplement dire que j'avais un coupon et que quelqu'un m'a fait un brushing, de sorte que je n'aurais pas à les laver pendant plusieurs jours.

— Dégoûtant, déclara Caleb.

— Dégoûtant ? Quand est-ce que tu te douches, abruti ?

— Je me douche et me lave le cul tous les jours, merci beaucoup.

— Et je me douche tous les jours aussi. Mais je ne me lave pas les cheveux chaque fois.

— Est-ce qu'on peut arrêter cette conversation ? Je n'ai

27

vraiment pas besoin de connaître vos habitudes d'hygiène. Maintenant dehors.

— Non, on veut un petit-déjeuner.

— Vous n'avez qu'à vous le préparer vous-même. En fait vous pourriez me donner un coup de main. Vous pourriez aller chercher la voiture d'Erin ? Elle est au bar.

— Sérieusement ? demanda Caleb en haussant les sourcils.

— C'est une longue histoire. Je jure que tout le monde est innocent. Enfin, à l'exception de son mari.

— Oh mon Dieu. D'accord. On n'insiste pas, déclara Amelia en levant les mains et fixant Caleb. On va voir si elle est réveillée, parce qu'on est passés sur la pointe des pieds. Récupère ses clés et explique-lui. Ensuite on lui ramènera sa voiture. Ne t'inquiète pas.

— Je ne suis pas inquiet. J'ai confiance en vous deux. Du moins, dans la mesure où je peux vous mettre une raclée.

— Avec tes petits bras ? déclara Caleb tout sourire avant d'esquiver mon poing.

— Pas de bagarre. On ne veut pas qu'Erin s'imagine qu'on est des sauvages.

— Mais on est des sauvages ! fut notre réponse à mon frère et moi en même temps.

— Bref, dis-je. Allons voir si elle est réveillée et récupérons ses clés. Et pour le reste elle verra bien.

— Tu crois ? demanda Amelia.

— Je l'ai aidée une nuit, mais je ne vais pas régler tous ses problèmes. Je ne sais pas si elle le voudrait d'ailleurs. Je ne règle pas les problèmes de tout le monde, dis-je en secouant la tête.

— Si tu le dis, déclara Amelia avec un sourire. Mais on va lui donner un coup de main. Promis.

En sortant de la chambre, nous vîmes Erin qui pliait la couverture sur le canapé. Elle rougit en nous voyant.

— Oh, vous êtes nombreux. Bonjour.

— Salut, Erin.

— Amelia, c'est ça ? Je pense qu'on a déjà travaillé plusieurs fois ensemble.

— Oui, avec mon amie Zoey. Passe-moi tes clés. Caleb et moi allons chercher ta voiture.

— Oh, vous n'avez pas à faire ça. J'allais justement appeler un service de covoiturage.

— Non, on va y aller, déclara Caleb en prenant le sac à main d'Erin.

Amelia lui gifla le bras et Erin prit le sac en même temps. Je regardai les trois, ne sachant pas trop quoi dire. Je ne m'étais pas attendu à ce que toute la famille soit réunie ici au matin après qu'une femme ait dormi chez moi— même s'il ne s'était rien passé. Quelle drôle de nuit.

— On s'en occupe. Assieds-toi ici et dis à mon grand frère de te préparer un petit-déjeuner, et ensuite tu feras ce que tu as à faire. Et tu pourras discuter avec nous si tu veux. Mais il ne nous a rien dit, promis.

Amelia parlait à toute vitesse et les yeux d'Erin ne cessaient de s'agrandir. Mais, finalement, peut-être grâce à la magie du sourire d'Amelia, elle finit par lui passer ses clés en donnant le modèle de sa voiture. Mes frères et sœurs partirent aussitôt.

J'ignorais comment c'était arrivé, mais encore une fois, j'étais seul avec Erin. Cependant il n'y avait aucune chaleur. Oui, il y avait un lien étrange, mais c'était probablement dû au passé et au fait que j'avais été là quand elle avait été au plus bas. Du moins j'espérais que ce soit son plus bas. Elle finit par me sourire et hausser les épaules.

— Je ne comprends rien à ce qui se passe.

— Moi non plus.

— Il n'a pas appelé, murmura-t-elle. Il n'a pas appelé de toute la nuit. Même pas pour me demander pourquoi je n'étais pas rentrée. Peut-être qu'il n'est pas rentré non plus.

Je ne dis rien, et glissai mes mains dans les poches de mon sweat.

— Peut-être que je pourrais prendre un petit-déjeuner et réfléchir à ce que je vais faire. Je suis très douée pour ça : réfléchir à ce que je vais faire.

— Le petit-déjeuner, je peux m'en occuper. Je suis désolé, Erin. Vraiment désolé.

— Moi aussi.

Quand elle me regarda avec ses yeux vert clair, je regrettai de ne rien pouvoir faire de plus pour qu'elle se sente mieux. Mais je savais d'expérience qu'il n'y avait rien que je *puisse* faire. Je me dirigeai donc vers la cuisine et lui préparai le petit-déjeuner. Après cela elle sortirait de ma vie, probablement pour toujours.

Mais c'était très bien. Parce qu'elle avait ses propres problèmes et que je n'avais pas besoin d'en faire partie.

Chapitre Trois

Erin

Durant les six mois qui s'étaient écoulés depuis que j'avais surpris mon mari avec l'ancienne pom-pom girl, j'eus souvent l'impression d'avoir vécu une expérience extracorporelle. D'accord, peut-être pas une expérience extracorporelle, parce que j'étais épuisée jusqu'à la moelle, même si je me sentais en même temps revivre. Je pouvais sentir chaque égratignure, chaque articulation douloureuse et chaque morceau de mon cœur brisé.

Parce que même s'il me semblait que ça n'était pas moi — comme si je n'avais été qu'une spectatrice— je l'avais vécu.

J'avais vécu un divorce, un partage des biens après toutes ces années de vie commune, et au final je m'en étais sortie.

Si s'*en sortir* signifiait être épuisée, trop travailler et se sentir perdue, alors... oui, je m'en étais totalement sortie.

Mais cela aurait pu être pire. *Bien pire.*

Et c'était ce que je me répétais, encore et encore. J'ignorais ce que ça révélait de moi, mais comme ce n'était pas *pire*, à cheval donné on ne regarde pas la bouche.

— Alors, qu'est-ce que tu fais aujourd'hui ? demanda Zoey en entrant dans ma cuisine, les cheveux attachés alors qu'elle regardait autour d'elle.

Zoey laissait généralement ses cheveux libres lorsqu'elle ne travaillait pas— ou n'était pas dans ma cuisine.

— Des gâteaux, lui dis-je avec un clin d'œil. Mais je suis sûre que tu l'avais deviné.

J'avais lancé *Dentelle & Cakes* un peu après la fac. Mon rêve avait toujours été de devenir décoratrice de gâteaux, même si Nicholas trouvait que ça ne menait à rien.

J'allais lui prouver le contraire.

Mais je n'allais pas réussir par mesquinerie. Je n'allais pas exceller juste pour prouver à mon ex-mari que je le pouvais.

Non, j'allais le faire, parce que j'en étais *tout simplement* capable.

Si je pouvais seulement sortir la voix de Nicholas de ma tête, ça m'aiderait.

— Tu repenses à lui, dit Zoey en me tapotant le bout du nez.

Je fis une grimace et repoussai sa main.

— Non.

— Si. Mais ça va. Tu as le droit de penser à lui. Comme par exemple en train de le découper en morceaux. Ça serait tout à fait normal.

Je frissonnai.

— Il faut vraiment que tu arrêtes de regarder la chaîne des investigations criminelles avant de te coucher.

— Ce n'est pas ce que j'ai fait. J'ai juste écouté un podcast parlant de meurtre.

— Eh bien, ne le fais plus avant de te coucher.

— Tu aimes le faire aussi.

— Peut-être, mais pas quand il fait nuit. Je n'écoute les histoires de meurtres qu'en journée, dis-je en regardant par-dessus mon épaule pour m'assurer qu'il n'y avait pas de client.

En fait, je ne vendais pas de gâteaux sur mon lieu de travail. Pas comme dans une pâtisserie. Il y avait beaucoup de boulangeries à Denver, la plupart beaucoup plus productives et prospères que moi. Mais la mienne était unique.

J'avais un espace à l'avant avec une vitrine pour exposer un ou deux gâteaux, mais c'étaient soit des gâteaux prêts à être emportés chez leurs propriétaires, soit des essais qui me paraissaient assez réussis pour être exposés mais que j'allais offrir à un refuge local ou une association. Ou que je mangerais par désespoir. Non pas que j'aie besoin de manger des gâteaux étant donné que j'avais pris six kilos depuis mon divorce. J'aimais mon apparence et ça m'était égal, mais mieux valait que je ne me jette pas sur le sucre. Même ce sucre délicieux qui me faisait des clins d'œil.

— Tu réfléchis encore, chantonna Zoey en regardant dans les bols de glaçage.

— Pas du tout. Et si jamais tu mets un doigt dans ces glaçages, ça serait une enfreinte aux règles d'hygiène, et je te tuerai.

— Et le meurtre n'est pas une enfreinte aux règles d'hygiène ? Bien sûr, tu aurais alors ta propre émission sur la chaîne des meurtres, et ce serait intéressant.

— Tu as besoin d'aide. Beaucoup d'aide.

— Peut-être. Sur quoi est-ce qu'on travaille aujourd'hui ?

— Aujourd'hui, je travaille sur un gâteau de départ à la retraite pour quelqu'un qui aime jouer au golf. Donc, on va faire une très grosse balle de golf qui, va savoir pourquoi, me rappelle Epcot, dis-je en riant et montrant la boule très blanche et recouverte de glaçage. Et la base sera un terrain de golf à quatre trous.

— Quatre trous ? demanda Zoey en fronçant les sourcils.

— On l'a réduit parce qu'on ne veut pas que le gâteau soit aussi grand que l'immeuble.

Zoey inclina la tête et m'étudia.

— Il n'y en a pas neuf d'habitude ? Ou dix-huit ? Il faudrait que j'en sache plus sur le golf, à part les blagues qu'on raconte dans les bars.

— Il y a des blagues sur le golf dans les bars ? demandai-je en riant. Non, je ne veux vraiment pas savoir. Ça a sûrement un rapport avec des boules et des bâtons.

— En plein dans le mille. Hé, c'est un trou en un. Tu as vu toutes les blagues que je fais.

— Pour que ce soit une blague, il faudrait que ça soit drôle.

J'esquivai quand elle essaya de me frapper, même si je savais que ça n'aurait pas été trop fort. Zoey était mon amie et aussi quelqu'un avec qui je travaillais parfois lorsque nos projets se chevauchaient. C'était une fleuriste qui travaillait pour les mariages, et comme j'étais décoratrice de gâteaux, il m'arrivait souvent de travailler pour les mariages aussi. Nous unissions donc nos forces lorsque nous le pouvions pour donner satisfaction à nos clients. Nous faire connaître auprès des organisateurs de mariage en tant qu'équipe— même si nous étions deux entreprises séparées— était très utile pour obtenir des références et des contrats.

— De toute façon, ils veulent aussi un tas de petits cupcakes décorés. Je vais donc opter pour le golf miniature parce qu'ils ont des petits-enfants qui adorent jouer à ça. Et les cupcakes seront pour eux.

— Ils ne t'ont pas donné une idée de ce qu'ils voulaient ? demanda Zoey en fronçant à nouveau les sourcils.

Je soufflai sur quelques mèches retombées sur mon visage, ennuyée que mes cheveux commencent à s'échapper de l'élastique.

— Non. Ils ont juste dit qu'ils voulaient du golf et que tout ce que je ferai leur conviendrait.

— Je déteste ça. Parce que si tu ne comprends pas ce qu'ils veulent, ils seront déçus. Ou ils se plaindront. Et un mauvais avis sur Yelp peut tout gâcher.

— Ne m'en parle pas, dis-je en me dirigeant vers l'évier pour me laver les mains avant de me recoiffer, puis de me relaver les mains.

Ayant travaillé toute la journée, je savais que j'étais couverte de farine, probablement de glaçage et de jaune d'œuf, mais tout allait bien. J'avais deux personnes qui travaillaient à temps partiel pour moi, mais qui étaient en congé aujourd'hui en raison des activités scolaires de leurs enfants. Par conséquent, j'étais seule et un peu en retard, mais rien d'affolant.

— Quoi qu'il en soit, on va y arriver. Et s'ils n'aiment pas, tant pis.

— Ils vont adorer. Tu arrives toujours à toucher le cœur

et l'âme des gens. Même quand il s'agit de cupcakes avec de petits moulins à vent.

Je levai les yeux au ciel et recommençai à mélanger le glaçage.

— Je ne peux pas mettre de moulin à vent sur un petit gâteau.

— En tout cas c'est ce qui me vient à l'esprit quand je pense au golf miniature. Bien sûr, maintenant j'imagine le moulin à vent du Moulin Rouge. Ce serait génial. Un gâteau Moulin Rouge avec du glaçage rouge, et Ewan McGregor allongé et prostré, se préparant pour moi.

— Je ne veux vraiment rien avoir à faire avec ton imagination. Et plus jamais tu ne prononceras le mot *prostré* ou *se préparer*. Jamais.

— Quoi ? Tu sais que tu y as pensé.

— Pas dans cette pâtisserie. C'est une zone sans pénis.

Zoey renifla et fit un pas en arrière quand je lui lançai un regard noir.

— Quoi ?

— Non, rien. C'est juste l'idée que tu penses que ça puisse être une zone sans pénis.

— Ça peut très bien être une zone sans pénis. Et arrête de me faire dire le mot *pénis*.

— Est-ce que tu préfères *bite* ? Ou *zob*. *Queue* ? *Baguette magique de chai* ? Ou *Bâton sauteur*.

— Qu'est-ce que tu lis en ce moment ?

— Hé, beaucoup de ces mots viennent de chansons. Et la plupart des livres de nos jours les utilisent. Comme *queue*. *Sexe*. Et *longueur*.

— S'il te plaît, arrête de parler de cet appendice, dis-je en fermant les yeux et en retenant un sourire.

Elle et aucune autre

— Queue queue queue queue queue queue queue, chantonna Zoey en dansant.
— Tu es ridicule, dis-je en riant malgré moi.
— Tout à fait. Allez, au boulot.
— Oui !
— Donc, je suppose que tu ne vas pas faire de gâteau bite pour le prochain enterrement de vie de jeune fille ? demanda-t-elle.
— Si on n'était pas sur mon lieu de travail, je te jetterais ce glaçage à la figure. Tu as de la chance que je ne te chasse pas d'ici.
— Quoi ? Je te fais rire. J'aime bien te faire rire. Tu ne ris pas beaucoup ces jours-ci.
— Je vais beaucoup mieux, merci beaucoup.
— Je sais. Et je suis contente pour toi. Je suis fière de toi, même. Mais on va au boulot. Promis.
— Bien.

Parce que je ne voulais pas parler de ce qui faisait mal. Ou de ce que je vivais. C'était fini et j'allais bien. J'étais une femme célibataire à présent et l'idée était très amusante. J'avais ma propre entreprise et je me débrouillais très bien. Je n'allais pas vomir en pensant au fait que Nicholas n'était plus avec moi et que je vivais dans une autre maison... seule. Je n'allais pas penser au fait que la seule raison pour laquelle j'avais cette entreprise, c'était qu'elle était à mon nom et non au sien. Il n'avait rien voulu avoir à faire avec ça. Il n'avait rien voulu avoir à faire avec *moi*. Non, je n'allais pas repenser à tout ça. Mais ça faisait quand même mal.

Ça faisait mal d'avoir dû déménager. Parce que la maison que nous avions achetée ensemble devait être vendue pour être partagée en deux. Je ne voulais pas penser au fait que j'avais encore ses cartons dans mon garage, parce que j'étais trop gentille et que, mon Dieu, il m'avait aidée à nettoyer l'endroit au moment de déménager. Je ne voulais pas penser au fait qu'il continuait à sauter cette femme.

Et je ne voulais pas penser au fait que je continuais à l'appeler « cette femme ».

Elle avait un nom, et elle avait ses défauts. Tout comme Nicholas. Je ne pouvais pas continuer à l'insulter comme je le faisais. Parce que dans ce cas, il fallait aussi que je l'insulte lui. Ou alors je devais arrêter d'y penser. Ce serait mieux.

— Tu réfléchis encore, dit Zoey.

Cette fois sa voix ne contenait aucun rire, pas de plaisanterie, et je compris que mes pensées devaient être clairement écrites sur mon visage.

Après tout, je n'étais pas douée pour cacher mes émotions, même si je m'y efforçais. J'essayais d'être la reine des glaces qui faisait des glaçages, mais ça ne marchait pas.

— Enfin, bref, parlons de choses positives, dit Zoey avec un sourire légèrement fragile, comme pour s'assurer que tout allait bien.

Mais ça ne dépendait que de moi. J'étais responsable de mon propre bonheur. J'avais appris ça à la dure. Donc, j'irai bien. Parce qu'il le fallait.

— On a le mariage Proctor-Jordan à venir, n'est-ce pas ? demandai-je en travaillant sur la décoration.

Tout était dans ma tête, ainsi que sur ma tablette et mon ordinateur. J'aimais être organisée, j'aimais savoir exactement ce que je faisais. Rassurée, je vis Zoey sortir sa tablette et lancer l'application qui se synchronisait avec la mienne. Parfait, je n'aurai pas à arrêter de travailler pour m'occuper de ça. Vive le multitâche.

Elle et aucune autre

— Oui. Maintenant, ils veulent des couleurs vives et pas du pastel. Ils veulent que ce soit si voyant qu'on puisse le voir depuis l'espace. Ce sont littéralement leurs paroles, déclara Zoey en souriant.

— Je m'en souviens. Je crois qu'on vise la gamme des crayons de couleur enfants, si je me souviens bien.

— Tu te souviens bien.

— Ils veulent que ça soit lumineux à vous en brûler la cornée. C'est encore une fois, leurs mots.

— On fera comme ça. Il reste encore la prochaine réunion où nous passerons en revue la conception finale du gâteau. Nous ferons quatre niveaux empilés. Ils ne veulent pas que ça soit structuré, et ils veulent des boîtes à chapeaux plutôt que des carrés ou des cercles traditionnels.

— Logique. Ils veulent que ce soit voyant, amusant et farfelu. Ils forment un couple amusant, déclara Zoey en souriant.

— Oui, Karen et Louis sont ensemble depuis vingt ans, et ils se marient enfin.

— Ils ont célébré leurs fiançailles dix ans avant qu'on lance nos entreprises. Mais au lieu de retourner vers la personne qui s'en est chargées à l'époque, ils sont venus vers nous. C'est plutôt sympa qu'on soit présentes dans cette nouvelle étape de leur vie.

— Ça me plaît. Faire partie du moment le plus heureux de leur vie, dis-je en laissant mes pensées vagabonder à nouveau.

Zoey me tapota le nez une fois de plus.

— Arrête ça. Ils vont être heureux, et toi aussi. Compris ?

— Tu es vraiment énergique ces derniers jours.

— Je l'ai toujours été, mais je le cachais. Maintenant c'est fini. Plus jamais, dit-elle en éclatant de rire tandis que je la regardais, amusée.

La porte s'ouvrit et la sonnette tinta. Je jetai un œil côté boutique puisque nous étions dans la partie cuisine, et me figeai en voyant qui c'était.

Oh mon Dieu. Je connaissais ce visage. Je connaissais cette forte mâchoire et ces yeux brillants. Je reconnaissais ces cheveux noirs qui retombaient sur ce front, ces larges épaules, ces hanches fines et ces cuisses musclées. Oh, oui, je connaissais cet homme.

Je n'avais jamais couché avec lui, je ne l'avais jamais vu nu, mais *j'avais* dormi chez lui.

— Devin, murmurai-je avant de m'éclaircir la voix. Bonjour. Que puis-je faire pour toi ? Euh, comment vas-tu ?

Du calme, Erin.

Ses yeux s'agrandirent une minute, puis son regard passa entre Zoey et moi avant qu'un sourire ne s'étale sur son visage. Ça rendit sa barbe encore plus sexy, et comme il portait un T-shirt et un jean, je pouvais voir les tatouages à couper le souffle sur ses bras et un peu sur son col.

Mon Dieu, les avais-je déjà remarqués ? Oh, oui. J'avais fait plusieurs rêves saisissants récemment où je léchais chacun de ses tatouages. Et d'autres choses encore.

Non, je resterai loin des pénis. Plus précisément, je restais loin du pénis de Devin Carr. Je ne voulais pas d'homme, je ne voulais personne.

J'étais parfaitement bien toute seule.

Ce n'était pas parce qu'il était sexy que ça voulait dire que j'allais faire quoi que ce soit avec lui.

Mais franchement, il était sexy comme ce n'était pas permis.

— Bonjour. Je ne savais pas que c'était chez toi.

Je frissonnai à sa voix grondante. Ça n'aurait pas dû me faire cet effet. Qu'il aille au diable.

Au diable tous les hommes.

Non, je ne deviendrais pas aigrie. Mais je pourrais éviter les hommes. Oui, ça me paraissait bien mieux.

— Oui. Je suis la propriétaire de *Dentelle & Gâteaux*.

— Pourquoi « Dentelle » ? demanda-t-il en enfonçant ses mains dans ses poches.

Ça me fit baisser les yeux sur le renflement de sa fermeture éclair, mais je l'ignorai. Oui, je l'ignorai... Bien sûr.

J'y arrivais très bien. Très très bien.

Quand Zoey s'éclaircit la voix, je me dis que je n'y arrivais peut-être pas si bien, après tout.

— « Dentelle » c'est pour faire joli, et aussi parce que je fais beaucoup de gâteaux de mariage.

— Logique. Salut, Zoey.

— Salut, Devin.

Je les regardai, étonnée.

— Vous vous connaissez tous les deux ?

— Oh oui. Je travaille souvent avec sa sœur, Amelia. Elle a une entreprise d'aménagement paysager.

— Paysages et fleurs. Logique.

— Tout comme les gâteaux et les fleurs, je suppose, déclara Devin.

— Oui, j'ai tendance à travailler avec tout le monde on dirait, déclara Zoey en souriant. Je ne savais pas que vous vous connaissiez tous les deux.

— Il sortait avec ma sœur aînée, dis-je rapidement.

— Ah oui. Je m'en rappelle, répondit Zoey avec un large sourire, les mains sur ses hanches. On dirait que tu as perdu sur ce coup. Elle a trois beaux bébés et un mari merveilleux maintenant.

— Paraît-il, déclara Devin, sans me quitter des yeux.

Voilà voilà.

— Que puis-je faire pour toi, Devin ? Je ne m'attendais pas à ce que tu passes aujourd'hui. Ou n'importe quand d'ailleurs.

Est-ce que je parlais pour ne rien dire ? Oui, je parlais pour ne rien dire.

— C'est le quarantième anniversaire de mon ami, et je suis ici pour récupérer un gâteau.

— Je n'ai pas vu ton nom.

Je m'essuyai les mains et pris ma tablette. Je me serais souvenue si je l'avais vu. Non pas que je craque pour lui ; je n'étais pas une adolescente quand même. Mais il avait été là quand j'avais eu besoin de lui, donc... évidemment je m'en serais souvenue si j'avais vu son nom.

— Non, c'est sa femme qui l'a commandé. J'ai un mot de sa part, et des instructions pour que tu l'appelles en cas de soucis. Elle est très occupée : un des enfants a une angine.

— Oh, ça craint, dis-je en grimaçant.

— Ne m'en parle pas. Le pire c'est que la gamine va rater l'anniversaire de son père. Mais la fête est maintenue et Laney se démène pour que tout soit réussi. Greg est quelqu'un de bien, et il mérite cette journée. Même s'il sera déçu de l'absence de la petite.

— Et on ne peut pas changer la date, dis-je en allant chercher le gâteau.

J'avais vérifié son mot, juste pour être sûre, mais j'étais sûre que Devin n'inventerait pas une histoire pareille pour voler un gâteau. Et puis, je le connaissais. Enfin, en

quelque sorte. J'avais dormi chez lui, après tout. Ça comptait, non ?
— Oui, mais ça va aller. J'imagine qu'ils passeront une journée père et fille puisque c'est une fille à papa.
— C'est encore pire, dis-je en posant le gâteau sur le comptoir.
Il était déjà dans une boîte, prêt à partir. Ils avaient demandé un gâteau tout simple sur un niveau avec de jolies décorations. Donc il ne serait pas trop difficile à transporter.
— Bref, je suis simplement passé récupérer le gâteau. Mais s'il y a autre chose à faire, dis-moi.
— Non, vérifie simplement que c'est bon. Je vais aussi envoyer une photo à Laney pour avoir son accord, dis-je en souriant.
Zoey était étrangement silencieuse, mais j'étais certaine qu'elle ne le resterait pas une fois Devin parti. Génial.
— Alors qu'est-ce que tu en penses ? demandai-je en ouvrant la boîte.
Les yeux de Devin s'arrondirent et il sortit les mains des poches.
— C'est foutrement incroyable, murmura-t-il. Ça ressemble à l'océan.
— Ils voulaient un gâteau sous-marin, alors... voilà. L'étoile de mer et le petit crabe sont mes préférés.
— Ça a l'air presque réel, et pourtant... amusant. Un peu comme Greg et Laney.
— Ils sont réels et amusants ? demandai-je en riant.
— Tu sais ce que je veux dire. Ils sont très responsables, font tout ce qu'il faut, mais ils ont un côté joueur.
— Tu dois sûrement bien les connaître.
— Je travaille avec Greg depuis un certain temps, et je

connais Laney depuis que Greg travaille chez nous. Ce sont des gens bien.

— C'est vrai. Alors, tu es livreur ?

— Je suis facteur, dit-il en levant le menton et une lueur d'amusement dans le regard.

— Ah, désolée. Mais je vais chanter « Please Mr. Postman » jusqu'à la fin des temps maintenant.

— Je déteste cette chanson, grommela-t-il en sortant son portefeuille. Combien je te dois ?

— J'ai déjà une carte de crédit enregistrée dans mon dossier. Si tu pouvais simplement envoyer un SMS à Laney et me dire si ça lui convient, tu pourras emporter le gâteau.

— Pas de problème. Ça m'a fait plaisir de te revoir, Erin. Tu parais plus heureuse.

Je levai les yeux, sachant que mes joues étaient rouges.

— Eh bien, étant donné que tu m'as vue à mon pire moment, je suis contente de te sembler plus heureuse.

— Oui, je ne dis pas que la robe à paillettes n'était pas excitante, mais tu es plus belle avec de la farine sur la joue et le regard joyeux.

Je levai la main pour m'essuyer le visage, sachant que Zoey nous regardait comme on traquerait sa proie. Et c'était moi la proie sur laquelle elle finirait par se jeter.

Super.

Laney répondit aussitôt à Devin, lui disant qu'elle adorait, et on régla la facture.

— C'était sympa de te revoir, Erin. Toi aussi, Zoey.

— Ah super. Je suis contente que tu te souviennes de ma présence.

— Tais-toi, gronda-t-il.

Je souris, les mains jointes devant moi, preuve que tout

allait bien. La situation n'était pas gênante ou étrange. Non ! Elle était totalement gênante et étrange.

— On se reverra, Erin. Au revoir, Zoey.

— Sûrement que tu la reverras, déclara Zoey.

Je levai simplement la main pour lui faire signe sans trop savoir quoi dire. Après tout, il n'y avait vraiment pas grand-chose à dire.

Après son départ, je fis de mon mieux pour ne pas regarder ses fesses alors qu'il s'éloignait.

— Il a toujours eu de belles fesses en jean. Mais attends de le voir en short.

Je faillis m'étouffer.

— En short ?

— Tu sais, les shorts que portent les facteurs. Il est tellement sexy !

— C'est le frère aîné de ton amie.

— Oui, et j'adore embêter Amelia avec ça. Tu sais bien que je ne suis pas amoureuse de lui.

Je hochai la tête. Elle avait déjà mentionné son coup de cœur de longue date, et ce n'était certainement pas Devin.

— Alors comme ça, tu connais Devin ? Raconte. Raconte, raconte, raconte.

— Faut-il que je commence ou que je termine par la nuit où j'ai dormi chez lui ?

— Oh mon Dieu. C'est chez lui que tu as dormi ?

Son regard s'emplit de tristesse, et je devinai que ce qu'elle allait dire ne sera pas sur le ton de la plaisanterie. Zut.

— Oui, il s'est comporté comme un vrai gentleman, et son frère et sa sœur ont pris soin de moi. Et après je n'ai plus jamais eu de ses nouvelles. Bien sûr je ne lui avais pas laissé mon numéro non plus. Mais c'est très bien comme ça et je vais bien. Maintenant, au boulot, parce que je ne veux pas prendre de retard.

— Moi je dis juste qu'il y avait de l'alchimie entre vous.

— Comme tu veux. Tu peux penser ce que tu veux, mais je resterai loin des pénis. Tous les pénis.

Zoey se contenta de me regarder, et j'eus le sentiment qu'elle ne me croyait pas. Mais en repensant à la voix grondante de Devin et à la façon dont il remplissait son jean... je n'étais pas sûre de me croire moi-même.

Chapitre Quatre

Devin

— Tu sais profiter de tes journées de repos, toi.

Je souris à Amelia en essuyant mes mains sales sur mon jean usé.

— Ça ne me dérange pas de travailler avec toi. Ça me permet de rester en forme, dis-je en tapotant mon ventre plat.

Ma petite sœur leva les yeux au ciel.

— Tu es constamment à soulever des cartons, gérer des chiens et tout un tas d'autres choses en tant que livreur. Je suis sûre que tu n'as pas besoin de mon travail pour rester en forme.

— Tu sais que je suis facteur, pas livreur, grommelai-je.

Mais elle savait que je plaisantais. Franchement je m'en

47

fichais, mais j'aimais le répéter, surtout parce que ça agaçait infiniment ma petite sœur et mon frère. Dimitri s'en fichait. Il était un peu plus âgé que moi et ne se froissait pas facilement. Après tout ce qu'il avait traversé... il y avait peu de chance que mes blagues l'agacent.

— Tu es un idiot, mais je t'aime, dit Amelia en me souriant avant de se concentrer à nouveau sur le sol.

On travaillait dans le jardin de son entreprise. Amelia aimait que ça ressemble à un jardin d'exposition afin que les clients voient de quoi elle était capable. Elle avait aussi un portfolio et des choses que les gens pouvaient feuilleter, mais je savais que ça la rendait heureuse de travailler sur celui-ci. Elle avait aussi un jardin dans sa propre maison, mais ici aussi c'était un peu comme sa maison.

J'aimais bien que ma petite sœur soit aussi douée pour donner vie aux choses et les regarder pousser. Son jardin était incroyablement beau.

— Tu sais, chaque fois que tu parles de ce que tu fais, je chante cette chanson, dit Tobey.

— C'est la deuxième fois aujourd'hui que quelqu'un me dit ça. Et ce n'est toujours pas drôle, répondis-je.

— Je n'y peux rien. L'air est tellement entraînant.

Quand Tobey se mit à chanter, Amelia et moi on se regarda. Elle avait beaucoup de chance que Tobey soit son meilleur ami, parce que j'avais envie de le tuer parfois. Oui, il était gentil avec ma sœur. Non, je ne savais absolument pas pourquoi ces deux-là n'étaient pas déjà mariés, mais ce n'était pas à moi de le dire. Ils étaient meilleurs amis, et il fallait que je l'accepte.

J'aimais bien Tobey, mais il était incroyablement agaçant parfois. Mais moi aussi j'étais quelque peu agaçant— de l'avis

Elle et aucune autre

d'Amelia, du moins. Après tout, c'est à ça que servaient les grands frères... et elle en avait plein. Trois à vrai dire. Mais j'imagine que ça faisait beaucoup.

— Alors, qu'est-ce que tu as fait aujourd'hui pendant ta journée de repos ? À part m'aider, demanda Amelia qui creusait un trou à l'aide d'une pelle.

Elle plantait un arbre, un arbre qu'elle finirait par emporter dans une nouvelle maison. Mais pour l'instant, sa maison serait ici : un endroit où il pourrait pousser en toute sécurité avant d'être définitivement planté ailleurs. J'ignorais comment ma sœur y arrivait, mais après tout c'était son travail. Pas le mien.

— Tu me connais, toujours occupé.

— Oui, je me doute que tu n'es pas du genre à te prélasser. Je veux dire, tout le monde ne peut pas se permettre de ne pas travailler les dimanches. Merci à notre gouvernement.

— Oui, un jour de congé par semaine est complètement inconcevable.

— Tu travailles six jours par semaine ? demanda Tobey en fronçant le visage. C'est légal ?

Je croisai le regard d'Amelia puis levai les yeux au ciel. Tobey était gentil, mais il était un peu lent parfois. Bon, pas vraiment. C'est juste qu'il pouvait être très premier degré. Ce n'était pas grave, mais il ne comprenait pas toujours mon humour. Ou même jamais.

— Non, je ne travaille que cinq jours par semaine, mais je suis toujours de repos le dimanche.

— Je pensais avoir vu des facteurs travailler le dimanche.

— En des circonstances particulières, et pas moi. J'ai travaillé dur pour mes acquis et je ne compte pas y renoncer.

— Jusqu'à ce que tu sois vieux et ridé et que tu ne puisses

49

plus soulever les cartons ? demanda Amelia en battant des cils. Soyons objectifs : tu es sur la bonne voie vers cette ancienneté.

— Tu as de la chance qu'il y ait un témoin, sinon je t'enterrerais dans ce trou que tu creuses, grognai-je.

— Hé, tu es peut-être plus grand que moi, mais je pourrais te battre, déclara Tobey en agitant sa pelle. Après tout, j'ai une arme.

— Ahhh, c'est mignon que tu me défendes, dit Amelia en lui souriant.

Oui, je voyais cette expression dans son regard. Elle allait vivre un monde de souffrance si elle ne se remuait pas ou ignorait ses sentiments. Mais avec ma petite sœur, c'était toujours le même problème : elle n'avait pas besoin de mon aide ; elle n'avait besoin de rien de ma part. Elle avait juste besoin que je sois là. C'est donc ce que j'allais faire. Et si son meilleur ami lui faisait du mal, je lui botterais le cul. Après tout, c'était mon droit en tant que frère aîné. Caleb et Dimitri seraient aussi à mes côtés pour faire regretter à Tobey d'avoir osé faire souffrir notre petite sœur.

Amelia me donna un petit coup dans le ventre.

— C'était pour quoi ? demandai-je.

— Tu dégages de mauvaises ondes. J'ai l'impression que tu es sur le point de faire quelque chose de surprotecteur qui va m'agacer.

— Comment peux-tu le dire d'un simple coup d'œil ?

— J'ai mes méthodes. En plus tu viens de répondre à ma question.

Je levai les yeux au ciel et me penchai pour embrasser le seul endroit de son visage qui n'était pas plein de terre.

— Tu es sale, Amelia.

Elle et aucune autre

— Tu l'es aussi. Mais j'adore ce travail. Je veux dire, regarde tout ça. Tout pousse parfaitement : c'est beau, vert et coloré. Mais j'ai hâte de commencer mon prochain projet. Ça va probablement me casser le dos, mais ça en vaudra la peine.

Je plissai les yeux.

— Est-ce que c'est trop dur ? Tu as besoin d'embaucher plus de monde ?

Tobey marmonna quelque chose dans sa barbe et fit la grimace.

— Mon pote, tu vas avoir des problèmes.

— Tobey a raison, mon cher frère. Avec tout ce fertilisant qui se trouve ici, tu trouves quand même le moyen de marcher dans le fumier.

— Tu as attendu longtemps avant de me sortir cette blague de merde ? dis-je en souriant.

— Ha ha. Non, je n'ai pas besoin d'embaucher. J'ai trois employés à temps partiel, et je peux faire le reste moi-même. J'ai un dos solide, et même si j'en plaisante, je vais bien. Mon travail me plaît. Tu n'as pas besoin de venir me gronder et tout prendre en charge, tu m'entends, Devin Carr ?

— Oh, tu t'es très bien fait comprendre, déclara Zoey en entrant dans le jardin. Je reconnais ma meilleure amie.

— Non mais tu l'entends ? dit Amelia en faisant un geste vers moi. Il ne fait que râler, et il croit que je ne peux pas m'en sortir. Comme si je n'avais pas monté cette entreprise à partir de zéro. Oui, il m'est arrivé d'avoir besoin d'aide à l'occasion et je l'accepte quand mes amis et ma famille me le proposent. Mais c'est ma sueur, mon sang et mes larmes que j'ai mis ici. Au sens propre, conclut-elle en levant le menton.

Je poussai un soupir.

— Ne lâche pas Zoey sur moi. Je suis désolé, Amelia. Je me demandais juste si tu n'avais pas besoin d'embaucher étant donné que ton entreprise cartonne.

— Je sais que c'est ce que tu voulais dire. Mais je vais bien. C'est mon entreprise et je sais ce que je fais.

— Et parce que je n'ai pas d'entreprise, je ne peux pas t'aider ? répondis-je vexé.

Amelia leva les yeux au ciel et Zoey s'approcha pour me donner un petit coup de coude contre la hanche.

— Tu sais qu'elle ne voulait pas dire ça.

— Peut-être. Mais maintenant, c'est moi qui me sens blessé.

— Arrête un peu. Tu as un emploi stable, une retraite assurée et tu n'as pas à t'occuper de taxes d'entreprise et professionnelles ou de la période des impôts.

— Oh, je m'inquiète pour les impôts. Tes impôts me paient littéralement mon salaire.

— C'est vrai, donc on peut dire que je suis ta patronne, dit-elle tout sourire.

Zoey et Tobey éclatèrent de rire.

— Waouh, quelle horreur !

— Je suis sur le point de te jeter de la terre à la figure, mon cher frère. Mais je ne veux pas la gaspiller.

— Tu te tiens sur une colline de terre. Je suis sûr que tu peux en gaspiller un peu.

— Mais c'est ma terre parfaite. Mon précieux sol avec son beau PH équilibré. Je vous aime, mes bébés, dit-elle en se penchant pour tapoter le tas de terre.

Je tournai mon regard vers Zoey, et on serra tous les deux les lèvres pour ne pas éclater de rire. Amelia était un sacré personnage. Oh, elle ne parlait probablement pas toujours comme ça à sa terre, mais elle aimait faire le clown pour sa famille. Principalement parce qu'elle voulait nous convaincre qu'elle allait bien.

Après tout, il n'y avait plus que nous quatre maintenant. Cinq en comptant Thea, la femme de Dimitri. C'était une femme incroyable, bien meilleure que sa première femme, et ça faisait de nous une famille soudée. Nous n'avions personne d'autre sur qui compter. Il n'y avait jamais eu personne, même à l'époque où des adultes nous élevaient... du moins ce qui s'apparentait à « être élevé » dans notre monde.

Amelia avait donc besoin de faire savoir à tout le monde qu'elle était capable de survivre par elle-même et de réussir.

Je le savais. Nous le savions tous.

J'aurais juste voulu pouvoir faire comprendre à Amelia que *nous* le savions. Parce qu'on avait beau lui dire, elle ne semblait pas nous croire. Mais je suppose que c'est typique des petites sœurs : toujours à se méfier de leurs frères surprotecteurs. Et il fallait dire que j'étais très bon dans mon boulot de frère surprotecteur.

— Alors, qu'est-ce que tu fais ici, Zoey ? demanda Amelia après nous être remis au travail.

Zoey était restée un peu à l'écart, sans se salir les mains. C'était inhabituel, car elle était généralement la première après Amelia à se jeter sur la terre et à nous aider. Mais étant donné qu'elle portait une jolie petite robe à fleurs, je me dis qu'elle devait avoir des rendez-vous et qu'elle ne voulait pas se salir. Après tout, c'était la deuxième fois que je la voyais aujourd'hui, même si je préférais qu'elle n'en parle pas.

À la lueur de son regard, je compris qu'il valait mieux ne pas y compter... Génial.

— Je passais juste pour te faire un coucou et bavarder un peu. Mais puisque le sujet de mes ragots est ici...

— Tu vas donc t'abstenir d'en parler, terminai-je à sa place.

— Oh, des ragots sur Devin ? demanda Amelia. Mes préférés.

— Au moins, il ne s'agit pas de moi, déclara Tobey en souriant. Je veux dire, désolé, Devin, mais il était temps.

Amelia rit à la plaisanterie de son meilleur ami.

— Très bien, gémis-je en fermant les yeux.

— C'est la deuxième fois que je vois Devin aujourd'hui, commença Zoey.

— Vraiment ? C'était où avant ?

— Chez Erin. Pour récupérer un gâteau.

— Pour tes amis Greg et Laney ? demanda Amelia.

— Oui. Erin a fait un excellent boulot.

— Et à la façon dont Devin la regardait, il aurait bien aimé un autre genre de glaçage.

Les deux filles éclatèrent de rire et je croisai le regard de Tobey.

— Je ne sais même pas ce que ça veut dire. Ce n'est pas moi qui suis censé faire un glaçage ? dis-je en levant les mains. Non, je ne veux pas savoir. Jamais. Surtout pas devant Amelia.

— Merci. Merci de ne pas avoir posé la question du glaçage devant moi. Je ne pourrai plus jamais manger de cupcake. Qu'est-ce qui t'a pris ? demanda ma sœur à Zoey. J'adore les cupcakes, et tu les as gâchés pour moi.

— Eh bien, il reste les brownies et les tartes.

Elle et aucune autre

— Non, les tartes me rappellent ce film, déclara Tobey.

— Oui, je n'ai plus jamais regardé une tarte aux pommes chaude de la même manière, plaisantai-je tandis que les filles poussaient des cris.

— Tu es une personne horrible. Horrible, dit Amelia en posant ses mains sales sur ses hanches et en foudroyant son amie d'un regard noir. Comment je vais faire pour manger des gâteaux ?

— Ne pas penser aux queues quand tu en manges ? dit Zoey.

Je fermai les yeux.

— Bon, s'il vous plaît. Est-ce qu'on peut arrêter cette conversation ? On peut parler de tout ce que vous voulez, mais pas ça.

— Eh bien, et si on parlait des étincelles qui volent entre toi et Erin ? Parce que, ouah.

— La ferme.

— Je ne la fermerai pas, Devin. Je vous ai vus ensemble.

— Erin... la sœur de Jennifer ? Celle qui a passé la nuit chez toi ?

— Je n'avais pas réalisé que c'était elle, enchaîna rapidement Zoey. Je veux dire, j'ai entendu l'histoire d'Amelia et une histoire similaire de la part d'Erin, mais je n'ai pas fait le lien, parce qu'il manquait les détails clés : comme la robe à paillettes.

— C'était sa réunion d'anciens élèves du lycée, dis-je. Ce n'est pas comme si nous étions sortis ensemble.

J'ignorai pourquoi j'étais autant sur la défensive, mais je détestais parler femmes avec ma petite sœur. Et comme je n'étais même pas sûr d'intéresser Erin, et que je ne savais pas si elle était toujours mariée, je n'avais pas envie de continuer cette conversation.

— Quoi qu'il en soit, cette robe était pour la réunion du lycée, poursuivit Zoey. Avec ce salaud de Nicholas.

Amelia retroussa la lèvre et poussa un grognement.

— Nous n'aimons pas Nicholas ? demanda Tobey en haussant les sourcils.

— Non, nous ne l'aimons pas, déclara Zoey d'un air renfrogné. C'est un connard. Un connard infidèle qui a fait des choses horribles. Mais le divorce est terminé et ils ne sont plus ensemble.

— Eh bien, c'était rapide, dis-je.

J'essayais d'avoir l'air décontracté, mais d'après leurs regards à tous les trois, je ne devais pas être très convaincant.

— Oui, elle est célibataire et prête à sortir avec un homme, déclara Zoey en riant. D'accord, peut-être pas prête, mais elle est célibataire. Je vais t'envoyer son numéro par SMS pour que tu puisses voir s'il y a vraiment des étincelles.

— Ne fais pas ça, Zoey, dis-je rapidement.

— Quoi ? Tu ne veux pas son numéro ?

— Je n'ai pas dit ça.

— Super. Oh, vous serez si mignons ensemble, déclara Amelia en tapant sa hanche contre celle de Tobey.

Il m'adressa un sourire résigné.

— Tu n'auras pas le dessus, dit-il doucement. Elles sont deux contre toi.

— Je pensais que tu serais de mon côté. On aurait pu être deux contre deux, dis-je en feignant de le foudroyer du regard.

— Je ne peux pas gagner contre Amelia. On le sait. Nous sommes amis depuis l'enfance, et elle gagne toujours.

Elle et aucune autre

— Tout à fait, déclara Amelia avec un sourire suffisant.
— Zoey, tu ne devrais pas t'en mêler.

J'essayai de prendre un air sévère, mais je ne pouvais m'empêcher de vouloir le numéro. Je le voulais vraiment. Erin était célibataire ? Ça changeait tout.

— Je dis juste qu'elle a déjà dormi chez toi. Que sont quelques malheureux SMS à côté de ça ? Ou si j'osais suggérer : peut-être même un coup de fil ?

Elle posa une main sur son cœur, et Amelia imita un hoquet choqué.

— Un coup de fil ? C'est le niveau supérieur.

Je poussai un soupir.

— Je n'aurai pas le dessus avec toi. Avec aucune de vous d'ailleurs. Mais il faut que j'y aille. Je dois me doucher avant d'aller chez Greg et Laney.

— Invite Erin, proposa Zoey.

Je me figeai.

— Tu veux que j'invite Erin à la fête d'anniversaire de mon ami ?

— Oui. Elle n'a rien de prévu ce soir. J'ai vérifié. Et même si en d'autres circonstances ça aurait pu paraître étrange de l'inviter le soir même où tu l'as revue, là c'est différent. Tu peux toujours mettre ça sur le compte du travail. Tu sais, comme pour vérifier que le gâteau plaise ou un prétexte de ce genre.

— Oh oui, fais en sorte qu'il y ait de l'alchimie, mais ajoute du travail pour qu'elle ne se sente pas dépassée.

Quand Amelia et Zoey commencèrent à discuter stratégie, j'arrêtai d'écouter et tournai mon regard vers Tobey.

— Comment c'est possible ? lui demandai-je. S'il te plaît, Tobey. Dis-moi comment c'est possible.

— Seules, elles sont une force indéniable, mais à deux, c'est la fin de tout contrôle. Toute ta volonté... disparaît.

Les deux femmes lui donnèrent un coup de poing dans le bras, et il grimaça en riant.

— Hé, grogna-t-il.

— Quoi ? demanda Amelia en collant son nez à lui.

Tobey se contenta de sourire et de lui embrasser le front avant de reculer.

— Rien. Tu gagnes toujours.

— Parfaitement.

Elle l'avait murmuré, mais je ne pus m'empêcher de remarquer son rougissement. Je croisai le regard de Zoey et on détourna tous deux les yeux. Je ne voulais vraiment pas être mêlé à ça. Je terminai donc d'aider ma sœur, surtout parce que je ne voulais pas qu'elle soulève tout cela toute seule, et je rentrai chez moi avec le numéro d'Erin dans mon téléphone.

J'aurais dû le lui demander la nuit où elle avait dormi chez moi, mais je n'avais pas de raison de le faire, parce qu'elle était mariée à l'époque. Elle était peut-être brisée, mais elle était mariée, et c'était trop compliqué à gérer pour moi. Je ne voulais pas de ce genre de choses, surtout après le mariage de mes parents.

Je regardai mon téléphone en m'interrogeant, et avant de pouvoir m'en empêcher, je fis la plus folle des choses : je l'appelai. Pas de SMS, mais un appel.

Comme si on était en 1999, et que j'utilisais un téléphone sans fil au lieu d'un portable... j'appelai.

— Allô ?

— Salut, Erin, c'est Devin. Zoey m'a donné ton numéro.

Mais tu n'es pas obligée de continuer à me parler si tu ne veux pas.

— Oh. Elle a dit en plaisantant qu'elle allait le faire, mais je ne l'ai pas crue, dit-elle en laissant échapper un petit rire qui m'alla droit dans les testicules.

Eh bien, merde.

— Ça ne te dérange pas ?

— Non, c'est sympa. C'est juste que... est-ce que le gâteau convenait ?

Je laissai échapper un petit rire. Zoey et Amelia avaient raison : parler de travail s'avérait utile.

— Le gâteau est parfait. Je l'ai déposé et je pars à la fête dans quelques heures, dis-je avant de m'éclaircir la voix. En fait, je me demandais si tu voulais m'accompagner.

Il y eut un silence. Un si long silence que j'eus peur d'avoir gaffé. J'étais vraiment doué pour ça quand il s'agissait de femmes – ou de n'importe qui d'ailleurs.

— Pour le gâteau ? demanda Erin d'une voix légèrement aiguë.

J'aurais pu mentir et lui dire qu'il ne s'agissait que du gâteau et de surveiller son travail. Mais je ne voulais pas faire ça. J'avais l'impression qu'on lui avait suffisamment menti, et je ne voulais pas être ce genre d'homme.

— Non, mais pourquoi pas. Je me suis simplement dit que tu aimerais peut-être venir avec moi. Je sais que je te le dis à la dernière minute et que tu as probablement des choses à faire. Tu n'es pas obligée d'accepter, mais j'adorerais y aller avec toi.

— Est-ce que c'est Zoey qui t'a poussé à le faire ? demanda-t-elle doucement.

— Elle l'a mentionné. Je ne vais pas te mentir.

— Tant mieux. Parce que ce serait rédhibitoire pour moi. D'accord ? Pas de mensonges.

— Si c'est ce que tu veux, je veux bien être honnête. Alors je vais être parfaitement honnête et t'avouer que tu étais canon dans cette robe ce soir-là. Et vraiment excitante aujourd'hui avec la farine sur ta joue. Et je voulais t'inviter à sortir, mais je ne savais pas si tu étais toujours mariée. Mais maintenant que je sais que tu ne l'es plus, si tu es prête à sortir avec quelqu'un, j'aimerais que ça soit moi. Ce soir. Si c'est ce que tu veux.

Je fermai ma bouche, sachant que si je continuais, j'allais dire n'importe quoi.

— Je crois que ça pourrait être amusant. Et pas du tout flippant. Juste une belle fête d'anniversaire avec des amis... que tu connais depuis toujours. D'accord, c'est peut-être un peu flippant.

Je ris en secouant la tête, même si elle ne pouvait pas me voir.

— Greg et Laney sont sympas. Et il y aura des tonnes de gens que je ne connais pas moi non plus. Ce n'est pas comme si toute ma famille sera là. De plus, tu en connais déjà certains.

— Je sais. Et tu connais ma famille.

— Oui, dis-je avant de faire une pause. Est-ce que ça sera trop pour toi ?

— Non je ne pense pas. Nous ne sommes plus les personnes que nous étions. En tout cas, moi je ne le suis plus, déclara-t-elle avec un rire dur.

— Erin..., commençai-je.

Mais elle m'interrompit.

Elle et aucune autre

— Je suis partante. Juste... dis-moi juste quelle heure et ce que je dois porter ?

Le sentiment de soulagement qui m'envahit fut une surprise, mais je laissai échapper un souffle et souris.

Je sortais avec Erin. La personne avec qui je m'étais promis de ne pas sortir la dernière fois que je l'avais vue.

C'était une bonne étape et j'avais hâte de connaître la suite.

Chapitre Cinq

Erin

Je regardai mon reflet dans le miroir en me demandant si je me souvenais comment on faisait. Je veux dire, il devait bien me rester un souvenir conscient ou quelque chose de la façon dont ça devait se dérouler.

Je déglutis avec effort et secouai la tête. Non, j'étais presque sûre de ne jamais pouvoir m'en souvenir. Parce que je n'avais plus eu de premier rendez-vous depuis l'âge de... quoi ? Quatorze ans ? Ou peut-être même dix en y réfléchissant. J'avais été avec Nicholas pendant si longtemps que l'idée de sortir avec quelqu'un me donnait envie de vomir. Pas parce que je l'aimais toujours. Non, je ne pensais pas que ce soit le cas. Il était difficile d'aimer quelque chose qui n'existe pas.

Elle et aucune autre

D'une manière ou d'une autre, Nicholas avait cessé de m'aimer et commencé à m'en vouloir de ne plus être la personne avec qui il voulait être. Difficile de trouver cet amour en soi quand il n'y avait rien à quoi s'accrocher.

Non, je n'aimais plus Nicholas. J'apprenais juste à m'aimer, moi.

Mais je n'allais pas y penser. Parce qu'il ne s'agissait pas de Nicholas. Il s'agissait de moi et de Devin. Et du fait que j'allais sortir avec lui.

Ce n'était peut-être pas un rendez-vous très conventionnel, parce que Devin m'avait invitée tout à l'heure pour le soir même... pour un rendez-vous avec plein de monde. Une fête pour un de ses amis. Un événement auquel je pouvais justifier ma présence en disant que je surveillais le gâteau — mon œuvre— plutôt que de sortir avec Devin.

Mais même s'il m'avait donné cette excuse, ça ne restait qu'une excuse.

En vérité, j'allais à un premier rendez-vous avec Devin Carr, et j'avais des papillons dans le ventre. Des battements dans l'estomac me signalant que c'était quelque chose de nouveau, d'excitant et de différent. C'était palpitant et effrayant et j'avais envie de vomir et de danser en même temps.

Enfin, peut-être pas vraiment en même temps.

Je repoussai mes cheveux blonds de mon visage, hésitant entre les attacher ou les laisser tomber en vagues anarchiques quand je ne les lissais pas.

Je n'avais pas voulu les relaver puisque je l'avais fait ce matin même. Peut-être un shampoing sec, une boucle ou deux, et une prière.

Je n'étais vraiment pas douée pour ce truc de rencontres. J'étais même vierge à ce niveau.

L'idée me fit renifler. J'avais été mariée à Nicholas pendant bien trop longtemps, et en couple avec lui depuis encore plus longtemps. Je n'avais rien de virginal, à part le fait de n'avoir couché qu'avec un seul homme.

Je laissai tomber mes cheveux et mis mes mains sous mon visage.

Est-ce que j'allais coucher avec Devin ce soir ? Non, ce n'était même pas un vrai rendez-vous. C'était presque une sortie de travail. D'accord, ce n'était pas ça non plus, mais tous ses amis seraient là, des gens que je ne connaissais pas, tous célébrant le quarantième anniversaire d'un homme pour qui j'avais fait un gâteau.

Il n'y avait aucune chance que je couche avec Devin Carr après ça.

À moins que je le veuille.

À moins *qu'il* le veuille.

Le voulait-il ?

Je secouai la tête et retirai mes mains de mon visage pour les porter à mes tempes. Je les massai et essayai de dissiper l'inquiétude et le mal de tête qui couvait. Sauf que j'étais une grosse inquiète et que parfois, il n'y avait pas de solution.

Je perdais la tête, et tout ça parce que j'avais dit oui à un *peut-être* rendez-vous. Et parce que Devin ne m'avait pas laissé le temps de trouver une bonne excuse pour expliquer pourquoi il se pourrait que je sois prise. Parce que, vous savez, je pouvais très bien avoir une vie.

Impossible de me défiler maintenant.

Pourquoi avais-je l'impression que je faisais tout de travers ?

Je soupirai et enfilai un jean blanc, oubliant au dernier moment que je voulais aussi changer mes sous-vêtements. Pas pour Devin. Ce n'était *pas* pour Devin. Non, c'était parce que je portais un jean blanc et que je n'allais pas mettre ma culotte de travail, la belle et large culotte qui n'était pas destinée au public, mais qui était bien confortable lorsque je courais de partout.

De plus, j'avais porté du noir ce jour-là. Donc ça n'irait vraiment pas.

Je me changeai rapidement pour un string blanc en dentelle, et pas parce que Devin le verrait. Non, c'était à cause du jean. Et j'aimais ce jean.

J'allais probablement rester dans ce jean toute la soirée et le tacher parce que c'était typique de moi. J'allais forcément faire quelque chose qui le salirait, mais ce n'était pas grave.

Tout allait bien.

J'enfilai le pantalon, un soutien-gorge bandeau noir, puis mon T-shirt. C'était un haut noir cintré au niveau de la taille qui dénudait les épaules, avec des manches cloches évasées. De cette façon, il couvrait ce que j'avais besoin de couvrir, et je me sentais toujours jolie.

J'enfilai mes sandales noires à talons compensés. Avec leurs ornements en argent sur le dessus, ça complétait parfaitement les bijoux que j'avais prévu de porter.

J'ignorais le code vestimentaire pour la fête, mais en me basant sur le gâteau qu'on m'avait commandé, et Devin qui m'avait dit de porter ce que je voulais, je supposai que ça ne devait pas être formel. Je ne tenais donc pas à porter une robe. Après tout, ce n'était pas un vrai rendez-vous. Et même si la soirée se passait mal, ça n'aurait aucune importance, parce que ça ne deviendrait jamais sérieux.

J'avais déjà eu du sérieux. J'avais même eu des années de sérieux.

Ça pourrait simplement être une aventure.

Oui, me dis-je. Une aventure ! Mais je n'allais même pas coucher avec Devin. Il allait simplement être mon ami.

Et si ça se transformait en aventure, pourquoi pas ? Même si je ne comptais plus jamais m'engager dans une relation sérieuse. J'étais déjà passée par là et j'avais gagné mon T-shirt... pour me le faire retirer par la pom-pom girl pendant que mon mari la baisait en se droguant sur sa poitrine.

Je râlai et passai mes créoles en essayant de ralentir ma respiration.

J'ignorais si Nicholas prenait toujours de la coke ou si c'était exceptionnel.

Je n'avais pas demandé : je ne voulais rien avoir à faire avec ça.

J'avais récupéré la moitié de notre ancienne vie et j'étais partie.

C'était triste de penser qu'il pouvait se faire du mal, mais je n'y pouvais rien. Il était parti le premier et je ne voulais pas me battre.

Non, je n'allais pas y penser. Je ne pouvais pas. Ce soir, il était question d'un rendez-vous. Un non-rendez-vous. Un mais-qu'est-ce-que-tu-es-en-train-de-faire-rendez-vous.

Bref, tout allait bien, et je n'avais pas à penser à ce qui allait se passer. Je devais juste vivre le moment présent, chose dans laquelle je m'améliorais. Après tout, j'avais eu six mois pour découvrir qui j'étais. Ce soir n'était qu'une autre étape.

Mon téléphone sonna sur ma commode, et j'y jetai un œil, le cœur dans la gorge.

Elle et aucune autre

Est-ce que Devin voulait annuler ? Je ne serais pas surprise. Après tout, il s'y était pris à la dernière minute. Peut-être qu'il avait décidé que m'emmener à l'anniversaire de son ami était trop. N'était-ce pas comme une déclaration après tout ?

Les mains tremblantes, je me morigénai, agacée d'être aussi nerveuse dès qu'il était question de Devin – ou de n'importe qui d'ailleurs.

Mais ensuite je me détendis en voyant le nom de ma sœur à l'écran.

Je pris le portable, toujours en me fixant dans le miroir comme une cinglée.

— Salut, Jenn, quoi de neuf ? demandai-je en souriant.

J'adorais ma sœur. Elle avait toujours été là pour moi, même après le départ de nos parents. Après tout, être abandonné par son père sous prétexte qu'il ne voulait pas de famille, laissait des marques.

Notre mère était un peu folle. D'accord, carrément folle. Probablement au sens clinique même, mais elle refusait toute aide. Elle nous avait quittées à mes dix-huit ans, et il n'y avait plus eu que Jenn et moi depuis. Et la famille de Jenn. J'adorais la famille de Jenn.

— Salut, Jitterbug, dit Jenn.

— Jitterbug ? dis-je en riant.

— Quoi ? J'essaie de nouvelles choses. Junebug. Jitterbug. Je ne sais pas. Je vais penser à quelque chose.

— Nous vivons dans le Colorado. Pas au Texas.

— Le Colorado a le vent en poupe, tu ne le sais pas ? Tous les Texans déménagent ici.

— Est-ce qu'on va devoir dire « pote » plus souvent

puisque nous sommes également remplis de Californiens ? demandai-je en souriant à nouveau.

— Je ne sais pas pour toi, mon pote, mais parfois mon accent ne sait plus où il en est.

Entre l'accent texan et le dialecte de surfeur, je ne pus m'empêcher de rire.

— Je t'aime.

— Je t'aime aussi, chérie, dit-elle avec l'accent d'une cow-girl.

— Quoi de neuf, Jenn ?

— Je voulais voir si ça va, puisque ça fait quelques jours que je n'ai plus de tes nouvelles.

Ma sœur éloigna le téléphone pour gronder l'un de ses enfants. Le ton était gentil et enjoué, mais c'était quand même une réprimande de maman. J'imaginais tout à fait son expression. Jenn était une mère extraordinaire, et son mari un père incroyable.

Même si notre mère avait fait de son mieux, ça n'avait pas été le mieux. Ça avait été simplement suffisant. Nous avions un toit au-dessus de nos têtes et de la nourriture, mais pas beaucoup plus. Et ce n'était pas ce que Jenn donnait à ses filles.

Mais notre mère avait dû travailler dur, et j'étais sûre qu'à un moment elle avait fini par nous en vouloir. À présent, elle était partie dans une communauté pour apprendre à ne faire qu'un avec l'univers et se mettre au premier plan pour la première fois de sa vie.

Même si je l'applaudissais de penser à elle, parce que putain, toutes les mamans devraient faire ça de temps en temps, elle avait coupé les ponts avec nous au passage. Et j'étais certaine qu'elle n'avait jamais vu un seul de ses petits-enfants. Ce n'était pas une chose que je pouvais lui pardonner. Pas pour moi, car je m'en fichais, mais pour Jenn.

— Je vais bien, dis-je après que Jenn fut revenue sur la ligne.

— Oh, tu dis tout le temps ça, mais je m'inquiète pour toi. Tu es ma petite sœur.

— Je vais bien. Je suis occupée par le travail.

— Cet abruti n'est pas venu t'importuner ? demanda Jenn d'un ton tranchant.

Jenn n'avait jamais été fan de Nicholas. Oh, ils s'entendaient bien pendant les vacances et tout, mais elle avait toujours voulu que je plaque mon petit ami du lycée et que je trouve quelqu'un d'autre. Que je vive un peu avant de m'installer avec un homme qui avait été mon seul et unique amoureux. Mais ce n'était pas parce que ma sœur avait eu raison que je voulais y penser.

— Il ne m'a pas du tout importunée.

— Ses affaires sont toujours dans ton garage ?

— Oui, mais ce n'est pas grave. Je vais bien. Vraiment.

— Tu dis ça, mais tant que je ne te verrai pas heureuse et à nouveau en couple je ne te croirai pas.

Je me pinçai l'arête du nez. Nous avions toujours eu ce problème. Nous avions des différends. On était sœurs après tout, et nées pour nous chamailler, même si nous nous aimions.

— Je ne me remarierai plus jamais. Je l'ai déjà fait. Et tu t'en sors à merveille. Je vais juste être la cool tante Erin.

— Tu es déjà la cool tante Erin. Tu étais la cool tante Erin quand tu étais avec cet abruti de Nicholas.

— Tes enfants savent que tu l'appelles « abruti » ?
— Ils sont dans l'autre pièce avec Steve. Tout va bien.
— Je t'aime.
— Je t'aime aussi, dit-elle. Mais tu as besoin de te faire sauter.

Je reniflai et me regardai à nouveau dans le miroir.

— Arrête ça, dis-je refroidie en me souvenant de notre dernière conversation et de la raison pour laquelle nous ne nous étions plus parlé depuis quelques jours. Il faut qu'on parle de papa, ajoutai-je doucement.

— Non, pas du tout. J'en ai fini avec lui. Il est parti. Ce n'est pas parce que tu as un bâton dans le cul qui te fait ressentir le besoin de savoir ce que devient notre cher vieux père, que je dois me sentir concernée.

— Tout ce que je dis, c'est que nous ne savons rien de lui. Et j'aimerais savoir.

— Je me demande bien pourquoi. C'était un enfoiré. Il nous a abandonnées. Il est parti et maman s'est brisée. C'est en partie de sa faute si elle est comme ça aujourd'hui. C'est pour ça qu'elle n'a pas vu mes enfants. Les deux peuvent aller se faire voir. Toi et moi sommes la seule famille dont nous avons besoin. J'en ai fini avec lui. Compris ?

Il y avait une telle fragilité dans son ton. Une telle douleur. Ce n'était pas parce que je voulais trouver et comprendre l'homme qui avait contribué à nous donner la vie, que Jenn devait ressentir la même chose. Même si j'aurais bien voulu qu'elle fasse partie de mon plan.

J'avais eu l'idée de le retrouver après avoir fini de signer mes papiers de divorce. Comme si rejeter une partie de ma vie en essayant de regarder vers l'avenir me donnait l'envie de regarder les choses que j'avais laissées il y a longtemps.

Je ne me souvenais même pas du visage de mon père. Oh, il y avait les photos, mais je ne me souvenais pas de lui en train de me sourire, de me soulever et de me poser sur ses épaules. Je ne savais même pas s'il avait déjà fait ça.

Je n'en savais rien.

Je le haïssais d'être parti.

Et je me détestais d'en vouloir plus.

— Contente-toi de ce que tu as, déclara Jenn d'une voix apaisante.

— Tu dis ça, mais tu as dit que je devais me faire sauter, dis-je en changeant de sujet.

Elle éclata de rire.

— Tu en as vraiment besoin.

— Alors comment est-ce que je pourrais me contenter de ce que j'ai, si j'ai besoin de me faire sauter.

— Oh arrête. Ce que je dis, c'est de ne pas regarder en arrière. Juste devant toi. D'accord ?

— D'accord.

La sonnette retentit et je poussai un juron.

— Qui est-ce ? demanda-t-elle.

— Mon rencard.

Elle commença alors à parler à toute vitesse, et moi de l'arrêter.

— Ça va. C'est juste un rendez-vous.

— Il était temps ! Tu as besoin d'un pénis. Vas-y !

— Je t'aime, sale pute, dis-je en riant.

— Je t'aime aussi, grosse salope.

Je raccrochai en secouant la tête et descendis pour ouvrir la porte.

Oui, ma sœur et moi avions des différends, et nous nous

disputions, mais nous nous aimions. Même si nous étions bizarres.

Je pris une profonde inspiration avant d'ouvrir et restai bouche bée.

— Mince. J'ai adoré ta robe à paillette, mais je pense que je t'aime encore plus dans ce jean.

Je souris aux paroles de Devin et m'efforçai de déglutir, ce qui s'avéra difficile. Je pouvais à peine reprendre mon souffle.

Je savais que Devin était canon. Allô, tout le monde savait qu'il était canon. J'avais été pressée contre lui, mais c'était parce que j'avais la tête qui tournait après avoir trop bu, le soir où mon monde avait volé en éclat. Mais là... Je n'arrivais même pas à rassembler mes pensées. Son jean un peu usé au niveau des coutures mais parfaitement ajusté, lui moulait les cuisses. Il portait des bottes noires assorties à sa ceinture et une chemise qu'il n'avait rentrée que sur le devant. Ça aurait pu sembler négligé avec quelqu'un d'autre, mais avec lui, ça le faisait. Il était sexy à damner un saint.

Je savais que j'étais dans le pétrin. Je l'avais compris à l'instant où il était entré dans ma pâtisserie. Et ensuite quand il m'avait envoyé un SMS et m'avait appelée.

Je savais que j'étais en difficulté, mais je m'étais dit que ce n'était pas grave.

Ce n'était pas le cas.

J'étais incapable de détourner le regard de ses avant-bras, ou ne pas remarquer la façon dont les muscles de sa mâchoire tressautaient légèrement quand il me fixait.

Je n'arrivais pas à me concentrer quand je regardais la longue ligne de son cou, ou la façon dont ses yeux se plissaient quand il m'observait.

Elle et aucune autre

Tout ce que j'étais capable de faire, c'était regarder ses mains et remarquer la largeur de ses paumes et la puissance de ses doigts.

Je me souvins alors de l'histoire que j'avais entendue sur la longueur du sexe d'un homme proportionnelle avec la taille de ses pieds ou de ses mains.

Je refusais de baisser les yeux sur son jean.

Je ne regarderai pas ses pieds.

J'étais fichue, et j'avais vraiment peur de tout foutre en l'air.

— Tu n'es pas trop mal, non plus, dis-je rapidement en souriant.

— Merci. Mais, sérieusement, tu es incroyablement belle. Et je te promets de ne plus te le redire si ça te fait rougir et te rend aussi nerveuse que tu en as l'air en ce moment.

— Pardon, dis-je en portant mes mains à mes joues. Je ne suis pas douée pour ça.

— Je trouve que tu te débrouilles très bien.

Il sourit, et je laissai échapper un souffle tremblant en prenant mon sac à main et mon cadeau, avant de le suivre à son pick-up.

— Ta voiture est aussi incroyable que dans mes souvenirs.

— Je suis content que tu te souviennes de cette nuit-là.

Je lui poussai l'épaule, même s'il ne bougea pas d'un pouce. Il était fort, stable, et les tatouages qui le recouvraient me donnaient sérieusement envie d'en suivre les lignes avec ma langue.

J'étais en train de perdre la tête.

— Je n'étais pas si ivre que ça.

— Tu as quand même dormi sur mon canapé.

— Oublions ça, d'accord ? dis-je en rougissant à nouveau. Même, n'en parlons plus du tout.

— Je ne sais pas si je peux accepter.

Il m'aida à monter dans le véhicule, puis fit le tour de son côté. Une fois à l'intérieur, je fronçai les sourcils.

— Pourquoi est-ce que tu ne pourrais pas accepter ?

— Sinon comment est-ce que je ferais pour me souvenir de la première fois que tu as dormi chez moi ?

— Bien vu.

— Je fais de mon mieux.

On parla boulot, principalement du sien et un peu du mien. C'était sympa. Ça ne ressemblait pas à un premier rendez-vous. Peut-être parce que ce n'en était pas un. Mais ça ne ressemblait à aucun « premier » en particulier. Après tout, j'avais déjà dormi chez lui. Et je le connaissais, même si c'était de loin.

Devin n'était pas un parfait inconnu. Il fallait juste que je m'en souvienne.

— On y est, dit-il en se garant devant une maison.

Il y avait d'autres voitures. Je jetai un coup d'œil au voisinage et souris.

— Tu sais, j'ai failli acheter une maison dans ce quartier.

— Vraiment ? C'est un endroit bien. J'habite deux pâtés de maisons plus loin.

— Je m'en souviens, dis-je en croisant son regard.

— Je croyais que tu ne voulais plus parler de cette nuit-là.

— Apparemment, je ne suis pas très douée pour ça.

— Ça ne me dérange pas.

Il m'aida à sortir du pick-up, et prit sur la banquette arrière un petit sac contenant une bouteille de vin, ainsi qu'un sac cadeau.

Elle et aucune autre

Je sortis la carte et le petit cadeau de mon sac à main et levai les yeux vers lui.

— Comme je ne savais pas quoi lui offrir, j'ai pris un petit bibelot pour son bureau. C'est trois fois rien, mais je n'avais pas d'idées.

— Tu n'avais pas à lui prendre quoi que ce soit. Je lui ai apporté ça, dit-il en secouant le sac. En plus, j'ai apporté du vin. Je me suis dit que tu pourrais leur offrir.

— Ça aurait été une bonne idée.

— Hé, je t'ai prévenue il y a environ trente minutes. Tu n'avais pas à apporter un cadeau.

— Eh bien, nous verrons. Ce n'est pas grand-chose.

— Si tu le dis.

Il me tendit la main et je glissai mes doigts dans les siens, ignorant la façon dont ma respiration se bloquait.

Ses mains étaient celles d'un ouvrier. Étant donné qu'il gagnait sa vie en soulevant des cartons, des colis et Dieu sait quoi encore, je supposai que c'était de là que venaient les callosités.

Quand il passa le bout de son pouce sur ma main, je déglutis avec effort, ne pouvant m'empêcher d'imaginer ses mains à d'autres endroits.

Peut-être que tout le monde avait raison et que j'avais besoin de m'envoyer en l'air. Parce que si je pensais à lui comme ça juste parce qu'on se tenait la main... alors j'étais dans de beaux draps.

Greg et Laney étaient géniaux. Non seulement ils avaient adoré leur gâteau au point que Greg me prit dans ses bras et me fit tournoyer comme si j'étais une marionnette, mais la nourriture fut incroyable, la bière excellente, et la fête superbe.

Ils avaient récemment ajouté une terrasse et un patio à leur maison de deux étages. Ils n'avaient pas fait de piscine, mais un bain à remous et quelques personnes l'essayaient pour s'amuser et rire.

Je restai avec Devin la majeure partie de la soirée car je ne connaissais vraiment personne, et l'idée que je sois venue pour m'occuper du gâteau n'aurait clairement dupé personne.

Tout le monde savait que j'avais été invitée par l'insaisissable Devin Carr, et tous voulaient savoir qui j'étais, qui était ma famille et comment je l'avais rencontré.

Quand les gens surent que j'étais la petite sœur d'une fille avec qui il était déjà sorti, ils trouvèrent ça très amusant.

— Oh, on essaie la famille entière ? demanda un homme.

— Attention à ce que tu dis, grogna Devin.

— Bien sûr. Je me disais juste que c'est intéressant, c'est tout.

— Sérieusement ? Ça fait combien d'années ?

— Je sais, oui, dit-il avant de se tourner vers moi. Ce n'est pas un problème pour moi. Et toi ? demanda-t-il.

Je secouai la tête en posant mon verre vide.

— Non. Si tu craquais toujours pour elle ou qu'elle se languissait de *toi*, ce serait peut-être un problème. Mais ce n'est pas le cas.

— Bon, alors, dit-il.

Il me serra la main et nous fîmes le tour pour dire au revoir avant de partir.

À présent nous nous trouvions sur mon porche.

— À propos de Jenn..., dis-je soudain, pensant toujours à ma sœur.

— Tu penses qu'elle se languit de moi ? demanda Devin, le regard rieur.
— Je ne crois pas. Je lui ai dit que je sortais avec quelqu'un ce soir, commençai-je.
— Oh ?
— Mais je n'ai pas parlé de toi.
— Il y avait une raison à ça ?
— Non. Je n'ai simplement pas eu le temps. J'étais en train de lui dire quand tu as sonné à la porte.
— Ah. Mais sinon ça ne me pose pas de problème.
— D'accord, murmurai-je.
— Pourquoi cette petite voix ?
— Ça ne me dérange pas que tu sois sorti avec elle. Mais je veux que tu saches que je ne suis pas prête pour une relation sérieuse. Je sors tout justement d'une.
— D'accord, dit-il en glissant ses mains dans ses poches. Alors ça ne t'embête pas que je sois sorti avec ta sœur. C'était il y a un sacré bout de temps.
— Non. Mais je ne sais pas trop ce que je veux.

Il fit quelques pas en avant. Quand il porta sa main à mon visage, je ne bougeai pas, ne m'éloignai pas. Quand il fit courir ses doigts le long de ma pommette, je pris une profonde inspiration, et mon pouls s'accéléra avant de ralentir lentement à nouveau.

— Je ne pense pas qu'il faille que ça soit sérieux dès le premier jour, chuchota Devin. Mais ça dépend de toi.

Je déglutis en essayant de mettre de l'ordre dans mes pensées, chose qui était compliquée quand il était là. C'est-à-dire durant les trois fois où je l'avais vu récemment.

Je ne savais pas quoi dire, ni s'il y avait effectivement, quelque chose à dire.

Je levai les yeux vers lui et entrouvris les lèvres pour dire quelque chose... Mais il n'y avait rien à dire. Puis, soudain, ses lèvres furent sur les miennes, et je ne fus plus capable de penser du tout.

Chapitre Six

Devin

Je ne pouvais ni réfléchir ni respirer. Je savais que j'aurais dû m'arrêter, sortir ma langue de sa bouche et ne pas laisser ma barbe lui gratter la mâchoire, mais j'en étais incapable. Je ne pouvais rien faire.

Je savais que nous étions sur son satané porche et que tout le monde pouvait nous voir. Mais je ne pouvais m'empêcher de la vouloir, d'avoir besoin d'elle et de la goûter.

Merde, elle avait le goût du paradis. Comme cette Margarita qu'elle avait sirotée toute la soirée, mêlée à un goût sucré et épicé propre à elle.

Tout ce que je voulais, c'était la pousser contre la porte, baisser ce jean moulant et la baiser avec force jusqu'à ce qu'on soit tous les deux en sueur, repus et à bout de souffle.

En sentant mon sexe se presser contre ma fermeture

éclair, j'eus le sentiment que ça pourrait bien arriver si je ne m'écartais pas tout de suite.

Alors, je fis la seule chose capable de m'achever, mon sexe et moi— je m'éloignai.

— On est sur tes marches, dis-je en posant mon front contre le sien, tous deux haletants. Tout le monde peut nous voir.

Je pris une profonde inspiration, cherchant à calmer les battements de mon cœur. Mais c'était dur quand elle était pressée contre moi et que mon sexe poussait contre mon jean. Je jurai et essayai de me rapprocher d'elle. Non, ce n'était pas moi mais mes hanches, mais j'étais incapable de m'en empêcher. Elle était tellement sexy. Tellement excitante. Et elle était dans mes bras.

— Oh, dit-elle, les yeux écarquillés, l'expression hagarde.

— Tu veux que je m'en aille ? Je peux partir tout de suite. On peut tout arrêter.

Elle me regarda, la main glissant le long de mon torse et ses ongles me griffant légèrement. Je ne pouvais pas vraiment le sentir à travers ma chemise, mais si j'avais été nu, ça aurait été la plus exquise des douleurs. Putain, il fallait vraiment que j'arrête de penser à Erin de cette façon. Mais je ne pouvais pas m'en empêcher : elle était dans mes bras, elle avait envie de moi et j'avais envie d'elle.

Peut-être... peut-être que ça pourrait être possible ?

— Pourquoi est-ce qu'on ne rentrerait pas ? demanda-t-elle en inspirant.

Je hochai la tête, et sans trop comprendre comment, l'instant suivant nous étions à l'intérieur, ma bouche à nouveau sur la sienne, et son dos pressé contre la porte. Je ne me souvenais pas de l'avoir refermée, je ne me souvenais pas d'avoir glissé mes mains sur ses hanches puis sous ses fesses pour la soulever. Elle était pressée contre la porte, les jambes enroulées autour de ma taille alors que je remuais légèrement mon bassin, frottant mon sexe contre elle.

Elle gémit, mordilla mon menton et mes lèvres. Puis nous nous embrassâmes à nouveau. Elle passa ses mains dans mes cheveux puis sur mon cou tandis que ses ongles me griffaient un peu. Je frissonnai et mordillai sa mâchoire, puis léchai son cou et lui mordis l'épaule.

C'est elle qui frissonna cette fois, et je souris. Puis je l'embrassai à nouveau.

— Je veux être en toi, grognai-je.
— Alors pourquoi est-ce que tu n'y es pas ?

Je souris puis mordillai à nouveau ses lèvres.

— Je veux y aller doucement.
— Doucement ? dit-elle en penchant la tête sur le côté. Pourquoi ralentir ?
— Parce que tu as peut-être besoin d'y aller lentement.
— Peut-être que non, dit-elle en glissant sa main entre nous et pressant mon sexe à travers mon jean.

Mes yeux se fermèrent et je jurai en voyant les étoiles. Bordel, elle était tellement excitante.

Et elle n'avait eu qu'un seul partenaire, d'après ce que j'avais compris. Ce foutu Nicholas ; son ex-mari, celui qui l'avait trompée.

Et si je n'étais pas assez bien pour elle ? Et si j'allais trop vite et qu'elle réalisait que cette histoire de sexe était une erreur ?

Super, pas de pression.

Erin serra à nouveau mon sexe et je déglutis avec effort.

— Si tu continues comme ça, ça va se finir très vite. Avant même que je ne commence.

— Alors arrête de réfléchir autant.

Je fis courir mon doigt le long de sa pommette, car il me fallait un instant pour me calmer.

— Et si on réfléchissait un peu plus ? Pas trop, mais juste un peu.

Son visage se referma en un instant, puis elle hocha la tête avec raideur. Je savais que j'avais dit ce qu'il ne fallait pas, mais... merde. Je ne voulais pas la blesser. Elle l'avait déjà été suffisamment comme ça.

— Je suis désolée si c'est trop...

— Non, arrête, la coupai-je. J'ai mes mains posées sur toi, et j'ai vraiment envie de te faire l'amour. Ce n'est pas trop. Je ne veux simplement pas aller trop vite et mal m'y prendre. Je veux caresser tout ton corps. Te goûter. Je veux connaître chaque centimètre de ta peau avec ma langue, et je veux te baiser lentement jusqu'à ce que tu jouisses. Et je veux que tu jouisses plus d'une fois. Et pour ça, il va falloir qu'on y aille un peu plus lentement. Parce que si tu continues à me caresser comme tu le fais, je ne vais pas durer, ma belle. Je ne suis plus un gamin.

— Il n'y a rien de vieux chez toi, putain.

Je souris.

— Peut-être. Mais je vais me vider dans mon jean comme un adolescent si tu ne t'arrêtes pas.

— Alors, tu me dis que tu es à la fois trop jeune *et* trop vieux ? demanda-t-elle, le regard rieur.

Bien, elle devrait rire et ne plus penser à ce que je venais de dire. Parce que je ne voulais pas revoir cette expression

Elle et aucune autre

fermée chez elle. Je ne voulais pas être la personne qui lui apporterait ça.

— Et si on faisait un peu de tout ? demanda-t-elle d'une voix légèrement haletante.

— Oh ?

— Et si on faisait ce dont on a besoin et qu'on ralentissait plus tard ? Je veux dire, c'est si tu peux le refaire plus d'une fois.

Mon sexe se tint au garde-à-vous et je plissai les yeux.

— Ça ressemble à un défi.

— Non. C'est toi qui me presses contre cette porte. Je dis ça comme ça.

— D'accord, mais tu l'auras voulu.

Elle acquiesça et je l'embrassai dans un grondement, passant mes mains dans ses cheveux et tirant juste assez. Elle inclina le cou et j'y posai aussitôt mes lèvres, mordillant et suçant alternativement. Je me sentais comme un vampire, mais j'adorais le goût de sa peau. J'en voulais plus, alors je fis glisser mes doigts le long de sa clavicule pour tirer ses manches vers le bas. Ses épaules étaient nues, et c'était tellement sexy. Ça me donnait accès à toute cette peau à mordre, à lécher et à admirer.

Merde, j'adorais son goût.

Elle sortit ses bras de ses manches et je tirai sur son T-shirt pour le passer sous ses seins.

Elle portait une chose sans bretelles que je repoussai pour révéler un soutien-gorge sans bretelles en dentelle, les mamelons à moitié sortis des bonnets.

— Mon Dieu, grognai-je.

— Oui, ce n'est pas le meilleur des soutiens-gorge. Il est un peu trop petit pour moi.

— Je vais avoir besoin d'une minute.
— Encore ?
— Putain. Je savais que j'aimais tes seins d'après ce que j'avais vu dans cette robe. Mais dans ce soutien-gorge c'est comme si c'était un festin. Oui, ces tétons m'appellent. Écoute, ils crient mon nom.
— Tu es vraiment un idiot.
— Plutôt.

Je baissai la tête et aspirai un mamelon avant de le relâcher avec un bruit de succion. Elle frissonna et je la mordis avant de passer à son autre sein, tirant sur la dentelle afin d'accéder au reste. Son sein me remplissait la main, ce qui était parfait. Et j'avais de très grosses mains.

Mes mains moulant sa poitrine, je me servis de mes hanches pour la maintenir contre la porte. Ce n'était probablement pas la position la plus confortable, mais c'était plus fort que moi : j'avais besoin d'elle comme ça.

Je passai la partie calleuse de mes pouces sur ses mamelons, et elle cambra le dos, se pressant davantage dans mes paumes.

Je caressai, modelai, suçai et léchai. Elle se trémoussa dans mes bras, son intimité brûlante contre mon sexe.

Je savais que si nous ne faisions pas attention, nous finirions tous les deux sur le sol et pas de la manière la plus confortable, alors je la relâchai tout en continuant à tenir ses hanches.

— Hé, j'avais presque fini, murmura-t-elle.
— Oui, mais je ne veux pas qu'on finisse avec une commotion cérébrale en tombant par terre.
— Oh. Tu as sûrement raison.

Je fis quelques pas dans le salon en la portant, avant de

Elle et aucune autre

l'installer sur le canapé et de retourner à ses seins. C'était plus fort que moi ; ses seins étaient magnifiques.

Je suçai et mordillai, laissant une traînée de baisers entre ses seins avant de descendre vers son ventre. Elle se tortillait tandis que je m'agenouillais pour défaire lentement son pantalon.

Heureusement, elle m'aida en soulevant les fesses pendant que je retirais son jean.

— Une culotte assortie ? dis-je d'une voix grondante.

— Juste un string pour aller avec le jean. Je ne pensais pas que tu le verrais.

Intéressant. Quand elle rougissait, c'était sur tout le corps.

C'était foutrement incroyable.

J'écartai ses cuisses sur le bord du canapé et la regardai, empli de désir. J'ouvris un peu plus, mes mains sur ses genoux, et elle rougit davantage.

— Devin.

— Quoi ? Je veux juste regarder.

— Mais tu ne touches pas.

— Tu veux que je te touche ?

— J'en ai besoin.

— Bonne réponse.

Je glissai une main sur sa cuisse et frottai lentement mon pouce sur sa culotte. Elle prit une inspiration et ses mains s'enfoncèrent dans les côtés du canapé. Je maintins fermement son autre cuisse pour qu'elle ne tombe pas avant de me concentrer sur elle. Je pinçai sa culotte pour que le tissu se resserre sur son clitoris, puis je le tirai lentement de haut en bas, jouant avec son bouton et ses replis intimes.

Elle haletait en se trémoussant sur le canapé. Je me

penchai alors pour souffler alternativement de l'air frais puis chaud.

— Devin.

— Je n'ai pas encore fini, dis-je avant de lui donner un long coup de langue qui nous fit tous deux gémir.

— Tu as le goût du paradis.

— Je... j'ai besoin de plus.

— Je vais t'en donner plus.

Je repoussai sa culotte sur le côté, plaçai ses deux cuisses sur mes épaules, et la dévorai. Je la léchai encore et encore, l'écartant de mes doigts à mesure que j'avançais. Quand j'enfonçai deux doigts en elle, elle cria mon nom et jouit, serrant si fort mes doigts que j'eus peur qu'elle me les casse. Merde, j'avais hâte de m'enfoncer en elle.

Je la laissai s'habituer à moi alors qu'elle redescendait de son orgasme, puis je remuai mes doigts, les faisant glisser dans et hors d'elle tout en utilisant mon pouce pour jouer avec son clitoris.

Elle se tortilla davantage pour essayer de s'éloigner, mais je continuai.

— Devin, c'est trop.

— On vient juste de commencer.

Et la refis donc jouir. Elle s'écroula en arrière, tombant presque du canapé. Je retirai aussitôt mes doigts d'elle et l'embrassai durement sur la bouche, puis j'utilisai l'humidité de mes doigts pour tracer le contour de ses lèvres.

— Goûte-toi, lui intimai-je.

Sa langue sortit et ses yeux s'écarquillèrent alors qu'elle s'exécutait.

— Gentille fille.

Elle et aucune autre

Je l'embrassai à nouveau, la goûtant sur ma langue, mes lèvres, un peu partout.

Et parce que son corps tremblait contre moi, je l'installai contre le dossier du canapé.

— C'était un peu..., murmura-t-elle.
— À en perdre tes mots ? dis-je en souriant.
— Je crois.
— Parfait.
— Et toi ?
— On n'a pas encore fini, ma belle.
— Oh.

Elle se mit immédiatement à genoux et entreprit de défaire ma ceinture, mais je secouai la tête en m'écartant.

— La prochaine fois. Quand j'aurais joui en toi. Je ne pense pas que je tiendrai longtemps si tu poses ta bouche sur moi.

Elle fronça les sourcils.

— Mais tu l'as fait pour moi. Je ne devrais pas te rendre la pareille ? Je veux dire, ce ne serait pas juste.

Je secouai la tête en fronçant les sourcils, puis la redressai face à moi, nue à l'exception de son string repoussé sur le côté.

— Tu ne dois le faire que si tu en as envie, dis-je en prenant ses joues dans mes paumes et en la fixant du regard. Peut-être pas tout de suite puisque je suis près de craquer, mais j'ai fait ça pour te faire plaisir. Parce que ça me plaisait. Tu n'auras jamais à me faire une pipe juste parce que je t'ai léchée. J'ai fait quelque chose que j'avais envie de faire, et j'adorerais avoir tes lèvres autour de ma queue, mais ce n'est pas un prêté pour un rendu.

J'espérais vraiment qu'elle le comprenne parce que

j'avais le sentiment que ce qu'elle avait dit ne me concernait pas. Non, elle parlait de son connard d'ex. Et puisque je ne voulais pas de lui entre nous ni dans cette pièce, je le repoussai de mes pensées et fis de mon mieux pour le repousser des siennes aussi.

Je l'embrassai à nouveau et reculai pour pouvoir passer mon T-shirt par-dessus ma tête.

— Maintenant, retourne-toi et penche-toi légèrement pendant que tu enlèves ce string.

Elle haussa les sourcils.

— On va faire du porno maintenant ? demanda-t-elle en riant.

— Peut-être. Mais j'ai besoin de temps pour enlever mes chaussures, alors j'ai pensé que je pourrais regarder tes fesses en même temps.

— C'est une bonne réponse.

Elle se tourna, se pencha vers ses orteils, puis fléchit légèrement les jambes pour retirer son string.

Oui, elle allait me tuer avec ses fichues courbes et chaque parcelle de peau. Je n'allais pas tenir longtemps. Rien que de regarder ses fesses, ses seins... ou toute partie de son corps, me rendait fou.

Je retirai le reste de mes vêtements, et me retrouvai nu face à elle au milieu de son salon. Je ne pensais qu'à une chose : la baiser de toutes mes forces.

Bordel, c'était si difficile de garder le contrôle avec elle. C'était plus facile quand je la croyais en couple et que je me contentais de ne pas y penser. Mais les choses avaient changé. Je n'avais pas prévu tout ça. Je n'avais pas cherché à ce que ça se produise quand j'étais entré dans sa pâtisserie ce matin-là. Pourtant nous étions là, nus dans son salon et sur le

Elle et aucune autre

point de baiser. Mais ça devait rester de la baise. Il ne pouvait rien y avoir de plus. Non, impossible. Aucun de nous ne voulait autre chose.

Avant que mes pensées ne commencent à embrouiller mon cerveau, elle fit un pas en avant et posa sa main sur mon sexe. Quand elle serra légèrement, je gémis.

— Tu es bien trop douée avec tes mains.

— Je te retournerais bien le compliment, mais je ne veux pas dire « beaucoup trop bien », parce que je te trouve tout simplement parfait.

— Ça fait plaisir à entendre. J'ai un préservatif dans mon portefeuille. Il est toujours bon, je peux te le promettre. Mais je n'ai que celui-là. Je n'avais rien prévu, dis-je en espérant qu'elle me croie.

Elle m'adressa un petit signe de la tête, puis un sourire timide.

— Je n'ai pas de préservatifs à la maison. Je ne m'y attendais pas non plus.

J'ignorais pourquoi ça me réchauffait le cœur comme ça. Elle n'était pas venue ici avec son ex. Il n'y avait rien de lui dans cette maison, du moins, pas physiquement et c'était très bien comme ça.

— D'accord, alors on ferait mieux de le faire durer.

Je sortis le préservatif de mon portefeuille, sachant que ce n'était pas le meilleur endroit pour le mettre, mais il fallait bien le mettre quelque part. Je le déroulai sur ma queue tout en regardant ses yeux suivre mes mouvements. Je le fis lentement. Si lentement que ça en était une torture pour moi aussi, mais j'aimais la façon dont ses pupilles se dilataient, et sa main qui alla inconsciemment à son mamelon pour le pincer très légèrement.

Oui, elle était bien excitée, et j'avais hâte de m'enfoncer en elle.

— Où est-ce que je vais bien pouvoir te baiser ?

Je pinçai et pressai la base de mon sexe pour me calmer pendant que j'inspectai la pièce.

— Pas dans la chambre ? demanda-t-elle.

— Non, c'est là que je te dévorerai après.

— Oh ?

Elle rougit à nouveau, jusqu'au bout de ses seins roses.

La perfection.

— Peut-être sur cette table ? dis-je en m'avançant et la testant de mon poids. Oui, c'est assez solide. Viens ici.

— Tu aimes bien me commander.

Je haussai un sourcil.

— Et ?

— Ça me va.

Quand elle s'approcha, je la saisis par l'arrière de la tête et posai un dur baiser sur ses lèvres. Je glissai une main sur sa hanche pour la placer contre la table et me positionnai entre mes cuisses, le bout de mon sexe taquinant ses replis intimes. Elle était déjà si trempée, si brûlante et je savais qu'elle serait étroite. Mais, bordel.

Nous nous figeâmes tous deux, la respiration haletante.

— Tu es prête ? lui demandai-je.

Elle hocha la tête en baissant les yeux entre nous.

— Je ne veux pas aller trop vite et te faire mal, ajoutai-je.

— Je ne pense pas que tu puisses le faire, murmura-t-elle.

Je me demandai alors si elle parlait de douleur physique. Je ne le pensais pas.

Je m'enfonçai en elle, centimètre par centimètre avec une lenteur terrifiante. Elle prit une inspiration puis s'appuya contre ma joue. Elle était incroyablement étroite, même après tout ce que nous venions de faire, ce qui signifiait que ses chairs étaient gonflées. Je déglutis sans quitter son visage du regard alors que je glissais entièrement en elle. Ses yeux étaient écarquillés, sa bouche entrouverte et ses pupilles dilatées. Elle était si désirable que j'avais du mal à rester concentré. Mais il le fallait. Parce qu'elle le méritait. Elle méritait tellement.

Lorsqu'elle m'agrippa les bras, je m'enfonçai jusqu'à la garde. On gémit à l'unisson.

— Devin.

— Oui. Je le sens.

Elle me regarda alors, ses mains sur la table, les miennes sur ses hanches. Et puis je commençai à bouger, entamant un lent va-et-vient, au début, me retirant centimètre par centimètre, puis glissant à l'intérieur tout aussi lentement. C'était comme si nous tanguions sur un bateau, très légèrement, avec une accalmie entre chaque vague. Puis j'accélérai, bougeant de plus en plus vite jusqu'à ce que nous soyons tous deux haletants, et que la pièce s'emplisse de bruits de claquements humides et torrides. Elle releva une jambe plus haut sur ma hanche, et je m'enfonçai plus profondément.

Quand je posai une main sur son clitoris avec mon pouce calleux, elle cria mon nom et s'abandonna à nouveau à l'orgasme. Ses muscles intimes se resserrèrent autour de moi, et je jouis également, la remplissant même si je savais que c'était dans le préservatif.

Le bas de ma colonne vertébrale me picotait, et mes testicules étaient serrés alors que je m'abandonnais à un puissant orgasme.

Mes jambes tremblaient. Mes genoux étaient faibles.

Elle s'appuya contre moi, le corps flasque, et je sus que c'était peut-être le meilleur rapport sexuel jamais de ma vie.

Et il n'y avait même pas eu de préliminaires.

Toujours en elle, à moitié dur et en voulant davantage, je compris que ça ne pourrait pas être la seule et unique nuit. Il devait y en avoir plus.

Mais j'avais tellement peur qu'elle dise non.

Elle leva les yeux vers moi et glissa ses mains dans mes cheveux tout en souriant timidement. Elle semblait timide de temps en temps, même si je ne la trouvais pas timide. Elle était forte et l'avait toujours été.

— C'était incroyable, murmura-t-elle. Je ne sais pas quoi dire.

Je l'embrassai à nouveau, dardant lentement ma langue dans sa bouche. Puis je me retirai d'elle. Je ne voulais pas faire de bêtise avec le préservatif, et il m'était donc impossible de rester en elle aussi longtemps que je l'aurais voulu.

— Je ferais mieux de nous nettoyer. Mais c'était incroyable, tellement parfait.

Elle rougit et je l'aidai à se lever de la table.

Je l'emmenai vers la chambre, heureusement facile à trouver puisque la disposition de la maison était logique. On se rendit à sa salle de bain et j'utilisai un gant de toilette et de l'eau tiède pour la nettoyer, puis je fis de même pour moi après avoir jeté le préservatif.

C'était un peu gênant, sachant que nos vêtements étaient dans le salon et que nous étions nus dans sa salle de bain, mais je ne voulais pas retourner là-bas et m'habiller tout de suite. Ce serait un peu froid, légèrement clinique.

— Je ne sais pas si on fait des câlins après, dit-elle en riant. Et c'est une chose étrange à dire.

Elle et aucune autre

— Non, j'allais te demander la même chose. J'allais te porter jusqu'au lit pour ça, mais je ne voulais pas que ce soit trop pour toi la première nuit.

Elle hocha la tête, légèrement dégrisée. Ça me donna un pincement au ventre. Allait-elle me dire de partir ?

— Je ne veux pas te blesser. Je ne veux en aucun cas t'utiliser. Je ne fais pas ça normalement. Jamais même. Je n'ai jamais fait ça.

— Je sais.

Merde.

— Mais je ne cherche rien de sérieux. Je ne peux pas. Je n'ai jamais eu du « *pas* » sérieux, tu comprends ? Est-ce que ça me fait passer pour une salope ?

Je grognai et pris son visage.

— Sors-toi cette pensée de la tête. Même si c'est la seule et unique nuit ensemble, tu n'es pas une salope. Tu as pris une décision consciente, et nous avons eu des relations sexuelles incroyables. Si c'est tout ce que tu veux, parfait.

Mensonge. Une fois ne serait pas assez. Mais je n'allais pas non plus la faire culpabiliser.

— Tu m'as bien compris ?

Elle acquiesça.

— Compris. C'était juste une idée bête.

— Ce n'était pas bête. Mais bon, ne pense plus comme ça.

— Tu ne peux pas me dire comment penser, Devin.

— Je peux essayer en tout cas. Tu ne veux pas du sérieux ? D'accord. Faisons ça. Parce que je veux être ton ami, Erin.

Je n'avais pas vraiment pensé à la réalité de cette déclaration jusqu'à ce que je le dise à voix haute. Mais c'était fait et je ne pouvais pas reprendre mes propos.

— Comme des sex friends ? demanda-t-elle avec le même regard timide qu'auparavant.

— Ben oui. Ça peut marcher, non ?

— Oui.

Malgré son approbation, j'avais le sentiment qu'aucun de nous ne savait ce que ça impliquait vraiment.

Mais je ne voulais pas lui dire au revoir. Pas tout de suite. Pas quand je ne savais pas vraiment ce qui se passait. J'ignorais encore ce que je voulais, et visiblement elle aussi.

Mais ce que nous avions partagé ce soir signifiait quelque chose, et j'avais le sentiment que nous devions trouver ce que c'était.

Chapitre Sept

Erin

Mes lèvres étaient toujours gonflées, l'intérieur de mes cuisses irritées par sa barbe et j'avais mal à certains endroits. Pourtant, je ne pouvais pas me permettre d'être excitée ou d'y penser, parce que j'attendais Nicholas.
Comment ma vie avait pu tourner ainsi ?
Je l'ignorais.
Je n'avais pas revu mon ex-mari depuis son départ, quand il avait quitté la maison que nous avions partagée durant des années. Il était parti ce jour-là, mais il était sorti de ma vie bien avant cela... un peu plus tôt que j'aurais imaginé.
Parce que, s'il était resté avec moi l'année dernière, peut-être que nous aurions surmonté cela. Peut-être qu'il m'aurait aimée.

Peut-être que je l'aimerais encore.

Je pressai mon poing contre mon cœur et poussai un long soupir. J'avais l'impression que mes pensées partaient dans toutes les directions. C'était un peu compliqué de me dire que j'avais passé la nuit avec Devin en ce moment. C'était trop dur à gérer. Comment étais-je censée faire le tri dans tout ça ?

Je ne me souvenais pas de ce que j'avais dit à mes amies après avoir couché avec Nicholas la première fois. Je me souvenais simplement que ça n'avait pas duré si longtemps et que ça m'avait fait mal. Mais nous nous sommes améliorés avec le temps. Nicholas avait été mon seul et unique jusqu'à présent. Mon premier. Et jusqu'à ce que je le surprenne en train de sauter l'ancienne pom-pom girl du lycée, je croyais qu'il resterait mon seul et unique. Mon dernier. Je m'étais tellement trompée. Mais il semblait que je me sois trompée sur beaucoup de choses le concernant.

Je ne m'aimais pas quand je pensais à lui. Je n'aimais pas avoir l'impression de devenir amère et de vouloir dire du mal de lui, un peu comme si je voulais me vautrer dans mon angoisse et ma colère.

Alors, quand je lui avais annoncé que je voulais divorcer, j'avais essayé de le chasser de mon esprit.

J'avais pleuré la perte de notre relation. J'avais pleuré la personne que je n'étais plus. J'avais même été triste pour les années que nous avions perdues.

Mais j'ignorais si je pourrais un jour avoir assez de recul pour pouvoir me dire : « Au moins nous avons eu toutes ces années. Au moins, j'ai pu changer et devenir la personne que je suis devenue ».

Parce que je marinais dans ma colère en ce moment.

J'étais partagée entre le sentiment d'être perdue et de ne plus savoir qui j'étais. Je n'étais donc pas certaine de pouvoir un jour chérir les années que nous avions passées ensemble. C'était comme si un nuage de ténèbres s'était abattu sur ces années, et que je ne distinguais plus ce qui avait été bon ou mauvais.

Il avait dû y avoir des années acceptables. Je n'aimais pas penser que j'étais le genre de personne qui serait restée, même si les choses étaient devenues difficiles. Ou même horribles. J'ignorais ce que ça révélait de ma personnalité, et à cause de cela j'avais essayé de tout repousser et de devenir une personne différente une fois le divorce prononcé.

Je n'avais aucune idée de ce que l'avenir me réservait, que ce soit me concernant moi, Devin, ou même mon ex-mari, qui allait arriver d'un instant à l'autre.

Je baissai les yeux sur mes mains et les serrai en poings. J'avais pleuré ce matin.

Pleuré.

Pas de honte, mais quelque chose avait *changé* en moi. Ce que nous avions partagé, Devin et moi, avaient été des moments intimes extraordinaires. Peut-être les meilleurs de ma vie.

Et ça avait été partagé avec un homme qui n'était pas mon mari.

J'avais cru à une époque que Nicholas serait mon éternité, mon bonheur pour toujours, comme dans les films où on s'éloigne dans un coucher du soleil avec l'amour de sa vie. Mais mon destin en avait décidé autrement. Et maintenant, j'avais couché avec un autre homme. Ça avait été différent, torride et incroyable. Je m'étais montrée effrontée et j'avais aimé ça. J'avais demandé ce que je voulais et je l'avais obtenu, et plus encore. Devin avait été à la fois doux et attentionné et à la fois exigeant et impétueux, exactement ce dont j'avais besoin. En fait, il avait été exactement ce dont j'ignorais avoir besoin.

J'avais pris une douche ce matin et l'avais lavé de mon corps. Non pas parce que je ne voulais pas qu'il reste, mais parce que j'avais besoin de me retrouver.

Qu'est-ce qui n'allait pas chez moi ? Pourquoi avais-je ce besoin de découvrir constamment qui j'étais ?

J'étais encore endolorie parce que je n'avais pas fait l'amour depuis longtemps, et Devin était différent.

Dans le bon sens du terme.

Mais je ne voulais pas d'une autre relation. J'avais été honnête avec Devin, et j'espérais qu'il en avait fait de même avec moi. Car j'étais déjà passée par là, j'avais déjà fait ça. Je ne voulais pas me remarier. Je ne voulais pas compter sur quelqu'un au point d'avoir à nouveau le cœur brisé. Je voulais découvrir qui était ce nouveau moi. J'aimais mon travail et j'appréciais certains aspects de ma vie. Tout ce que je voulais, c'était découvrir le reste, et je n'avais pas besoin d'un homme pour ça.

J'allais donc trouver cette nouvelle Erin. La nouvelle femme qui avait couché avec Devin Carr.

Et je m'amuserai, je serai respectueuse, et je serai respectée en retour. Parce que Devin prendrait soin de moi et je ferais de mon mieux pour prendre soin de lui.

Tant qu'aucun de nous ne comptait sur l'autre.

Peut-être que penser ainsi faisait de moi une mauvaise personne. Mais là aussi il fallait que je découvre quel genre de personne j'étais, n'est-ce pas ?

Cependant, il était temps que je chasse Devin de mes

Elle et aucune autre

pensées, car je ne voulais pas penser à lui pendant que Nicholas serait sur mon territoire.

Je rouspétais alors à mi-voix.

Mon ex m'avait appelée un matin, me réveillant de ma grasse matinée. C'était mon jour de congé, chose que j'essayais de m'accorder une fois par semaine même si je n'y parvenais pas toujours. Quand je n'étais pas à la boutique, il y avait toujours du travail en ligne et des choses à planifier. J'avais du mal à déléguer, et je ne le faisais pas souvent, mais c'était mon jour. Alors, bien sûr, il avait fallu que Nicholas me gâche ça.

Il gâchait toujours tout.

— Non, je ne vais pas penser comme ça. Je ne vais pas le laisser faire ça avec moi.

Je me morigénais un peu et redressai mes épaules en faisant les cent pas dans mon salon. À la séparation des biens et à la vente de la maison, Nicholas avait emménagé dans un petit appartement en attendant sa prochaine étape. Ça signifiait que tout son bric-à-brac ne pouvait pas tenir dans sa nouvelle maison. Et pour une raison quelconque, je l'avais laissé stocker tout cela dans mon nouveau garage.

Je secouai la tête. Non, je savais exactement pourquoi je l'avais fait. Il m'avait harcelée, pressée et insisté jusqu'à ce que je cède. Comme tant de fois par le passé. La plupart du temps, je ne réalisais même pas ce qui se passait avant qu'il ne soit trop tard. Comme lorsqu'il avait été licencié de son agence immobilière au moment où le marché du logement avait connu une baisse, et que j'avais cédé pour qu'il prenne un peu de temps pour faire le point. Ou quand il avait essayé d'ouvrir sa propre agence et avait échoué. J'avais cédé aussi à ce moment-là et j'avais été d'accord pour qu'il contracte un prêt à nos deux noms, parce qu'il était mon mari et que je pensais qu'il savait ce qu'il faisait.

Dieu merci, il avait fini par régler ses dettes et il n'y en avait plus aucune à mon nom. Car le divorce nuisait à votre capacité de crédit, et je ne voulais rien avoir à faire avec Nicholas.

Dieu merci, il n'avait jamais été sur les documents de la pâtisserie. Je l'avais ouverte toute seule, essentiellement parce que je travaillais à l'époque pour une autre pâtisserie et que j'avais un revenu à temps plein et un plan d'entreprise réussi. Ça n'aurait eu aucun sens de mêler Nicholas à mon entreprise puisqu'il ne travaillait pas pour moi.

Peut-être qu'une part de moi avait toujours su que les choses pourraient mal tourner entre nous. Je l'ignorais. Tout ce que je savais, c'était que j'étais plus que reconnaissante qu'il n'ait aucune emprise sur mon avenir. J'adorais la pâtisserie et rendre les gens heureux. Et j'adorais cuisiner des choses qui avaient un goût incroyable.

Nicholas n'avait jamais rien compris à cela. Il avait toujours pensé que ma pâtisserie était un passe-temps. Mais je gagnais de l'argent en parallèle en travaillant au noir tout en bossant chez les autres.

J'avais toujours des économies, donc quand Nicholas avait perdu son emploi, tout s'était bien passé. On se serrait un peu la ceinture, bien sûr, mais tout allait bien.

Et tout allait bien aussi en ce moment. Ma situation financière n'était pas si mauvaise, même si je me privais pas mal.

Prendre une journée de congé, était bénéfique pour ma santé.

Apparemment, Nicholas avait emménagé dans une

Elle et aucune autre

maison plus grande et aurait de la place pour ses affaires à présent. Il allait donc enfin récupérer ses cartons : des choses que j'avais vraiment envie de brûler ou jeter à la poubelle. Ou donner aux œuvres de charité putain juste pour voir ce qu'il y avait dedans. Parce que je ne les avais même pas ouverts pour jeter un œil.

Une fois ou deux, je m'étais dit qu'il y avait peut-être de la drogue ou ce genre de choses dedans. Parce que je ne savais toujours pas si ce jour-là, il sniffait de la coke pour la première fois, la dernière fois ou une fois parmi tant d'autres. Mais un ami qui avait un chien de détection de drogue, lui avait fait renifler les cartons, et il n'avait rien trouvé. Je ne savais pas si c'était légal de faire ça, mais je m'en fichais. Je ne voulais pas voir la preuve d'autres secrets qui auraient pu me détruire davantage, car je m'accrochais bec et ongles à ce qu'avait été ma vie et à ce qui restait de mon âme. Je ne voulais pas ternir davantage ce qu'avait été notre relation en ouvrant un carton. Donc, un ami m'avait donné un coup de main, et m'avait rassurée sur le fait qu'il n'y avait pas de drogue. Parce que, putain, ça aurait été le comble que Nicholas fasse une chose pareille.

Avant que je ne puisse m'énerver davantage, la sonnette retentit, suivie de trois coups secs. Une pause, puis quatre autres coups.

Nicholas avait toujours été pressé, sauf quand c'est lui qui était attendu, et dans ce cas il prenait son temps. Mais quand c'était son heure, tout le monde devait se presser pour lui. Ça ne me dérangeait pas quand on était jeunes parce que j'aimais aussi aller vite, et que je n'y voyais pas de mal.

Avec le recul, je me rendais compte de bien des choses. Mais c'était trop tard.

Je pris mon temps pour ouvrir, peut-être même d'une manière passive-agressive, mais c'était ma maison et je ne comptais pas laisser Nicholas ruiner cet espace avec son énergie. En fait, il n'avait même pas besoin d'entrer, et j'allais me faire un plaisir de le lui rappeler. Tant pis pour lui, il fallait qu'il assume. J'ignorais à quel moment il avait cessé de m'aimer pour devenir la personne qu'il était aujourd'hui, mais je ne voulais plus rien avoir à faire avec lui.

J'ouvris la porte et retins un sourire alors que sa main se levait en l'air, probablement pour frapper à nouveau avec plus de force. Peut-être qu'il aurait même crié mon nom. Ça aurait été génial vis-à-vis des voisins. « Erin ! » d'une voix forte qui aurait portée dans tout le voisinage. Super. J'avais hâte de le voir partir. J'aurais peut-être dû donner toutes ses affaires à Goodwill.

— Il était temps. Pourquoi tu nous fais attendre ?
— Bonjour, Nicholas.

J'essayai de sourire et d'être pacifique, mais je réalisai alors qu'il venait de dire « nous ». Je me tournai légèrement vers la gauche et fis de mon mieux pour garder le sourire. Je ne serai pas l'ex-femme amère. Je ne deviendrai pas la personne qu'il voulait que je sois. Je serais l'Erin que je voulais être. La femme que je devais être.

— Bonjour, Becca.

Il avait amené l'ex-pom-pom girl bourrée de cocaïne.

Quand est-ce que ma vie était devenue un cliché ? Probablement au moment où Becca était apparue.

Non, je ne la blâmerai pas. Pas uniquement elle en tout cas. Nicholas avait été le seul à tremper son biscuit là où il n'aurait pas dû. C'était lui qui nous avait laissé tomber. Peut-être que j'en étais en partie responsable, mais la douleur que je ressentais était entièrement de sa faute.

— Mais je refusai que cela me rende amère.

— Sérieusement, Erin. Je ne sais pas pourquoi tu es comme ça. Allons-y.

Il essaya de rentrer, mais je tins bon. Je croisai les bras sur ma poitrine et restai devant la porte.

— Tes affaires sont dans le garage, *Nicky*. Tu n'as pas besoin d'entrer.

Je n'avais même pas réalisé que j'avais laissé échapper le mot « Nicky » jusqu'à ce que je voie ses yeux se plisser. Ses joues devinrent rouges et sa mâchoire se crispa.

Nicky. Exactement comme l'avait appelé Devin. C'était peut-être un peu mesquin de ma part, mais c'était plus fort que moi. Il avait amené Becca chez moi, un endroit qui ne lui appartenait pas. Ça n'avait absolument aucun sens, sauf pour la frotter à moi. L'idée me fit frissonner. Je refusais qu'elle se frotte contre quoi que ce soit de moi. En aucun cas. Et je ne voulais pas de lui chez moi. J'étais pressée qu'il parte et je voulais parler à Devin.

J'écartai rapidement cette pensée. J'avais passé la nuit avec lui, mais nous n'étions sortis qu'une seule fois ensemble, et la fois d'avant, je l'avais rencontré quand j'étais au plus bas. Il n'était pas question que je me repose sur lui de cette façon. Je ne devais compter que sur moi et ne faire confiance en personne.

— Comment tu m'as appelé ? demanda Nicholas en serrant les dents.

— Tes affaires sont dans le garage.

Je n'allais plus toucher à son nom. D'ailleurs je n'avais pas fait exprès de l'appeler ainsi. Je ne voulais pas être ce genre de personne. Ça m'avait simplement échappé. J'avais toujours trouvé ça bizarre qu'il ne veuille être appelé que Nicholas et pas autrement. Mais c'était son nom, et je n'allais pas être impolie ou l'embêter avec ça. Il fallait que je sois la plus intelligente des deux. Du moins je l'espérais... Peut-être.

— Tu ne vas même pas nous laisser entrer ? demanda-t-il.

— C'est bien ce qu'elle a dit, s'en mêla Becca en regardant son téléphone. Prends juste ton bric-à-brac et allons-nous-en. Je ne sais même pas pourquoi il a fallu que je vienne. Elle ne devrait même pas avoir tes affaires de toute façon. Je veux dire, qui veut vivre un truc pareil ?

Quand elle leva les yeux au ciel, elle me rappela l'époque de ses dix-huit ans plutôt qu'une femme proche de la trentaine. C'était épuisant.

— Quand sommes-nous devenus un cliché, Nicholas ?

Ah, j'avais bien prononcé le nom cette fois. Je n'allais pas prendre ce chemin. Cependant la question m'avait échappé. Je n'avais pas prévu de la poser : je voulais juste qu'il quitte ma maison et sorte de ma vue. Et, peut-être même de ma vie d'ailleurs. Mais même si Denver était une grande ville, par certains aspects elle ressemblait parfois à une petite ville. Je ne pourrais pas l'éviter éternellement à moins de déménager. Et il en était hors de question.

— Un cliché ? C'est toi qui parles de cliché ? C'est toi le cliché ! Tu as toujours été une garce frigide. Pourquoi crois-tu qu'on soit divorcés ?

— Excuse-moi ? demandai-je d'une voix glaciale.

Huh, disons plutôt que *j'étais* frigide.

— Tu m'as bien entendu. Tu as toujours été un petit rien du tout. Tu n'as jamais voulu être à mon niveau. C'est pour ça que j'ai dû chercher ailleurs. Tu ne voyais pas les choses

Elle et aucune autre

en grand. Tu voulais juste rentrer à la maison pour cuisiner et devenir un gros cul dans ta cuisine. Mais moi j'avais des projets. Des choses qui ne t'incluaient pas. Et il a fallu que tu fasses des histoires et que tu te comportes comme une garce : tu as pris la moitié de tout ! Tout ce qui était à moi. J'ai travaillé toute ma vie pour ça, et tu as tout pris. Donc, oui, je prends mon putain de bric-à-brac de ton garage, et c'est à cause de toi. C'est toi qui as fait tout ça.

Je ne croyais pas que l'expression « *voir tout rouge* » soit réelle, mais c'était comme si une brume s'était posée devant mes yeux. Je ne comprenais pas ce qui venait de se passer. Ce n'était pas l'homme que j'avais épousé. Ce n'était pas la personne que j'avais aimée durant tant d'années, celui qui avait été mon seul amour.

Que lui était-il arrivé ?

Peut-être que cette ligne de coke l'avait rendu fou. Ou peut-être qu'il avait toujours eu un aussi mauvais fond. Peut-être que c'était le fait d'avoir perdu son travail et toutes ces choses qui avaient provoqué cela. Je l'ignorai, mais je savais que je ne voulais pas en faire partie.

— Comment est-ce arrivé ? murmurai-je.

Putain. J'étais épuisée. J'allais devoir arrêter de laisser sortir mes pensées vagabondes comme ça.

— Peut-être que si tu n'avais pas mis autant d'attentes sur moi, ça n'aurait pas fini comme ça, cracha-t-il en me faisant involontairement reculer d'un pas. Peut-être que si tu avais réalisé que je n'étais plus cet enfant de dix ans que tu avais rencontré dans le bus, ça n'aurait pas fini de cette façon. Mais peu importe. Becca et moi allons nous marier, et je vais enfin avoir ce que je mérite. Va te faire voir, Erin.

— Oh, murmurai-je en essayant de déglutir.

J'avais mis des attentes sur lui ? Comme avoir un travail ? Non, je n'allais pas le dire à voix haute. Je n'allais pas prolonger cela, mais je ne comprenais pas comment on en était arrivés là. Je ne reconnaissais plus cet homme devant moi. Becca semblait complètement désintéressée, mais je me fichais d'elle. Ils allaient se marier ? Tant mieux. Peut-être qu'il pourrait enfin trouver ce qu'il voulait. Parce qu'apparemment, ce n'était pas moi, et de toute évidence, je ne l'avais jamais été.

Je refermai la porte derrière moi et passai devant pour me rendre au garage et ouvrir la porte. Ma voiture était garée à l'intérieur et ses cartons, qui prenaient beaucoup trop de place, se trouvaient sur le côté.

— Ils sont là. J'ai un diable aussi, mais je vais en avoir besoin si tu l'utilises.

— Je m'en fous vraiment.

Nicholas passa devant moi et Becca le suivit, l'attention concentrée sur son téléphone.

Elle était habillée à la perfection avec des chaussures à talons compensés et des cheveux parfaitement coiffés. Elle était sublime. Je n'allais pas lui reprocher l'adultère. Je ne la connaissais pas vraiment et je ne pouvais donc pas la détester. Mais je ne voulais pas non plus être près d'elle.

Je restai là, m'assurant que Nicholas ne prenne rien d'autre, puis me mis sur le côté en essayant de ne pas prendre une position défensive. Mais je voulais que ça soit fait. Je voulais vraiment que tout ça prenne fin.

Il termina enfin de charger son SUV et claqua la porte du coffre.

— C'est fait.

— Parfait. Bonne vie, Nicholas.

Elle et aucune autre

— Tu sais quoi, que Dieu vienne en aide au mec sur qui tu poseras tes griffes.

Mes yeux s'écarquillèrent, mais je me contentai de le fixer. Qui était cet homme ?

— J'avais dix ans quand nous nous sommes rencontrés, Nicholas. De quel genre de griffes est-ce que tu parles ?

Il me lança un regard noir, et j'en eus marre. C'est pour ça que je ne voulais plus d'hommes et que je voulais juste être seule et découvrir qui j'étais. Je reculai d'un pas et levai les mains en l'air.

— Tu sais quoi ? Et puis merde. J'en ai assez. Tu as pris tes affaires et on en a fini. Sois heureux, Nicholas. Toi aussi Becca. J'ai ma dose.

Nicholas commença à grommeler quelque chose, mais Becca monta du côté passager. Je m'assurai que la porte du garage soit fermée et verrouillée avant de m'enfermer chez moi.

Mes larmes se mirent à couler sans même que je m'en rende compte, et je me maudis pour ça. Je ne voulais pas pleurer pour Nicholas. J'avais assez pleuré et tempêté comme ça. J'en avais tant bavé à cause de lui... et de moi. Parce que tout ça ne pouvait pas entièrement être de son fait : c'est moi qui l'avais épousé. J'avais raté les signes, et maintenant je devais vivre avec mes choix passés.

Je me rendis à la salle de bain et essuyai mon visage en tentant de me calmer. J'étais à bout, et je n'avais même pas encore eu le temps de me délecter de ma nuit avec Devin.

Comme si les cieux savaient que ce serait une soirée étrange, mon téléphone sonna. Je baissai les yeux sur l'écran : c'était Devin.

Peut-être que je devrais répondre. Peut-être que je ferai

exactement ce que je m'étais promis de faire : pas d'émotion, aucune attache, juste des amis. Des sex friends. Ça se faisait dans les films, alors pourquoi pas ici ? Je n'allais pas penser au fait que ça fonctionnait rarement sur grand écran. Mais ça pourrait marcher dans la vraie vie. Ce n'était pas de la fiction, après tout.

Je répondis en souriant, ignorant l'expression austère que me renvoyait le miroir.

— Salut, je pensais justement à toi.

— Ah oui ? dit-il d'une voix profonde qui alla droit en moi. Je crois bien que je faisais la même chose avec toi. Je voulais juste prendre de tes nouvelles.

— Je vais bien. La nuit dernière a été incroyable.

Je rougis et secouai simplement la tête. Il ne pouvait pas me voir, mais j'avais le sentiment qu'il savait que je rougissais.

— Je suis d'accord. Tu veux aller boire un verre ce soir ? Tu as dit que tu ne travaillais pas aujourd'hui, mais je sais que tu travailles demain.

— Oui, mais on pourrait peut-être se voir tôt ?

Je ne savais pas si je prenais la bonne décision, mais ces derniers temps je n'étais plus sûre de rien.

— Je peux passer te prendre.

— Ce serait génial.

Je retins un soupir et rassemblai mes pensées. Il fallait que tout soit clair. C'était bien d'être ouvert et honnête dans toute sorte de relation. Même dans ce genre-là.

— Alors, on est toujours amis, n'est-ce pas ? Des amis qui font aussi ça. Je ne sais vraiment pas comment le dire. Je suis nulle à ça.

Devin resta silencieux pendant si longtemps que j'eus

Elle et aucune autre

peur d'avoir dit une bêtise. Apparemment, j'étais vraiment douée pour tout foutre en l'air aujourd'hui.

— Je vois ce que tu veux dire. Et oui, ça marche toujours pour moi. Je passe te prendre. Porte quelque chose de chaud.

Je ris et l'écoutai donner d'autres indications avant de raccrocher et de regarder mon téléphone. Bon, d'accord. Je pouvais le faire. Je n'allais pas me perdre là-dedans. Les choses pouvaient se faire dans la décontraction. Je ne tomberai pas amoureuse et je ne souffrirai pas. Parce que quand je tombais amoureuse, je souffrais, et je ne voulais plus de ça.

Peu importe la douleur. Peu importe le prix à payer.

Chapitre Huit

Devin

Je me garai devant chez Erin et coupai le moteur en me demandant si je ne faisais pas une erreur. Je n'étais pas doué pour prendre des décisions quand il s'agissait d'elle.

Merde, elle souffrait et pourtant je ne cessai de la relancer. Elle ne voulait rien de sérieux. Et moi ? Je n'en savais rien, mais c'était quand même un peu étrange de me lancer là-dedans en sachant que ça ne mènerait nulle part.

Pourquoi étais-je si inquiet de mes sentiments de toute façon ? Ce n'était pas comme si j'étais certain de vouloir quelque chose de sérieux. Ce n'était pas parce que Dimitri avait eu un premier mariage qui s'était soldé par un échec, et qu'il filait à présent le parfait amour avec sa seconde femme, que je devais me marier.

Putain, Caleb et Amelia pourraient même trouver leurs

moitiés avant moi, et ça m'irait parfaitement. Mais ça serait bien d'avoir quelqu'un qui m'attende le soir en rentrant. Ce serait bien d'avoir quelque chose de stable. Mais ça ne sera pas avec Erin. Elle l'avait précisé et je devais m'en accommoder.

Parce qu'elle n'était pas du tout prête pour une relation. Je ne voulais pas être sa relation pansement... même si je l'étais en quelque sorte.

Nous utilisions même l'expression : sex friends. Copains de baise. Parfait. Mais je ne serais pas le pansement qui en voudrait plus. Je ne pouvais pas être ça.

Je me contenterai de prendre du bon temps et de faire en sorte qu'elle aussi en prenne. On fera un petit bout de chemin ensemble.

Dimitri pouvait être heureux dans son mariage. Amelia pouvait avouer son amour à Tobey, et peut-être même que Caleb trouverait quelqu'un.

Je reniflai. D'accord, peut-être pas Caleb. Il était un peu trop rustre, sombre et dangereux.

Ça me fit rire. Penser à mon frère comme autre chose que mon petit frère ? Oui, pas tellement.

Je sortis du pick-up, tapotai mon bébé et me dirigeai vers la porte d'Erin. Elle l'ouvrit comme si elle m'attendait. Ça me fit un drôle d'effet, parce que je voulais qu'elle m'attende et me guette par la fenêtre.

Mais je m'efforçai de repousser ces pensées : elle n'était pas à moi et ne le serait jamais.

Je ne devais pas l'oublier.

— Tu es superbe, dit-elle en souriant.

Je baissai les yeux sur ma tenue. J'avais enfilé un jean légèrement moulant à peine porté, et un T-shirt noir qui laissait voir les tatouages de mes deux bras. Je ne montrais pas souvent mes tatouages, même quand il faisait chaud. J'essayais de ne pas avoir l'air trop dangereux quand je travaillais. Après tout, je devais être le sympathique facteur. Je ne pouvais pas ressembler à un criminel dégénéré.

Non pas que les personnes tatouées ou percées soient des criminels dégénérés. Mais je ne pouvais pas empêcher les gens de penser ce qu'ils voulaient. J'avais une grande barbe qui était acceptée dans le code vestimentaire de mon travail, mais je ne ressemblais pas à un facteur habituel. Ça ne me dérangeait pas. J'aimais mes tatouages et je savais que j'en rajouterais probablement. Je fréquentais une petite boutique à Denver appelée *Montgomery Ink*, où un grand barbu nommé Austin s'occupait de moi. Sa sœur, Maya, avait également fait quelques tatouages sur mon dos, mais c'était généralement Austin qui s'occupait de moi. Quoiqu'en y pensant, je devrais probablement descendre jusqu'à Colorado Springs où se trouvait mon grand frère. Dimitri s'était marié avec une Montgomery, un coup du sort que je n'aurais jamais imaginé. Mais étant donné qu'il y avait comme un millier de Montgomery dans le monde, il fallait bien que ça tombe sur un membre de notre famille. La sœur et le frère de la femme de Dimitri possédaient une autre boutique de tatouage appelée *Montgomery Ink Too* à Colorado Springs. Apparemment c'était la même enseigne. Peut-être qu'Austin me laisserait y faire un tour et voir ce que ma nouvelle famille pourrait faire.

Je chassai ces pensées de mon esprit parce que la seule chose que je désirais, c'était regarder la femme devant moi. Elle portait un jean moulant qui semblait avoir été peint sur elle, et ses petits ongles rouges dépassaient du devant. Avec cela, elle portait un débardeur noir qui plongeait dans un V profond et dévoilait son magnifique décolleté. On aurait dit un de ces trucs à licol qui, je pensais, laissait son dos nu.

Ça me donna envie de lui lécher la peau, de retirer tous ses vêtements et de la baiser avec juste ses chaussures peut-être, et rien d'autre.

Ça serait bien.

Je me raclai la gorge.

— Tu es en beauté aussi.

Elle rougit et regarda ses mains avant de triturer son sac à main.

— Tu es resté silencieux si longtemps que j'ai eu peur d'avoir dit quelque chose qu'il ne fallait pas.

Elle repoussa une mèche blonde derrière son oreille, et je remarquai qu'elle portait des boucles d'oreilles pendantes qui semblaient avoir un cerceau dans un cerceau. Je ne comprenais pas vraiment comment ça fonctionnait, mais c'était joli. Je tendis la main et donnai un petit coup dessus.

— Sympa.

Elle rit.

— Elles m'ont plu quand je les ai vues dans le magasin. Je suis allée dans cette petite boutique appelée *Eden* à côté au 16 Street Mall.

— Je connais la propriétaire, dis-je avec un grand sourire. Elle est mariée à mon tatoueur.

— Le monde est petit. J'ai toujours voulu me faire tatouer.

Je m'humectai les lèvres et fis courir mon regard sur sa peau nue. Ou du moins ce qui était visible. J'en voulais plus. Je voulais la baiser. Oui. La baiser et être amis. C'était tout ce dont j'avais besoin.

— Eh bien, je t'y emmène quand tu veux. Ils ont une longue liste d'attente, mais je fais partie de la famille maintenant.

— Comment ça ?

— Allez, monte dans le pick-up et je t'expliquerai.

Je l'aidai à monter, prenant plaisir au fait qu'elle me laisse poser mes mains sur ses hanches. Bien sûr, elle aurait pu le faire toute seule, mais ça me plaisait de l'aider. Une excuse pour la toucher, n'est-ce pas ?

— Mon frère aîné, Dimitri, a épousé Thea Montgomery. Elle fait partie de la famille Montgomery qui gère l'autre boutique de tatouage Montgomery dans le sud de Colorado Springs. C'est la cousine de ceux qui dirigent la boutique à Denver.

— Oh waouh. J'adore tous ces liens. Alors, tu vas aller là-bas pour te faire tatouer à partir de maintenant ?

— Je pensais à ça justement. Je pourrais le faire. Bien sûr, Austin risque de me mettre une raclée, mais ça pourrait en valoir la peine. Il paraît que leur travail est incroyable.

Son regard parcourut mes bras et elle s'humecta les lèvres. Oui, ça allait être vraiment difficile de conduire avec une érection. Mais chaque fois que je pensais à Erin, portant uniquement ses talons compensés, je bandais. J'étais donc assez doué pour conduire en ne laissant pas paraître que mon sexe essayait de transpercer mon jean.

— Ils ont fait du bon travail.

— Alors, qu'est-ce que tu penses choisir comme motif ? demandai-je en m'engageant sur l'autoroute.

— Je ne sais pas. Je pensais à une sorte d'arbre avec des corbeaux sur mon épaule. Je sais que ça fait presque cliché, mais j'aime bien. C'est fort, et ça dure des siècles. Même quand les feuilles tombent, les branches sont toujours là et grandissent avec le temps. Et puis j'ai toujours adoré les corbeaux. Si je pouvais en avoir en animal de compagnie, je le ferais, mais je ne veux pas être trop bizarre.

— Ce serait cool en fait, dis-je en souriant.

— Mais je ne suis pas assez à la maison pour ça. Et ce n'est pas une idée sérieuse.

— Ça pourrait l'être.

— Tu as raison. Mais ça me va de me contenter de les regarder de loin. Les corneilles et les corbeaux semblent me suivre partout où je vais. Avant, je pensais que c'était un présage, mais maintenant je pense qu'ils ne font que me protéger. Ou peut-être que je suis juste un peu fatiguée et que je veux voir du sens dans tout ce que je vois, alors que ce ne sont que des oiseaux qui vivent près de chez moi.

Je saisis sa main et nos doigts s'emmêlèrent. Je les gardai alors sur la console, heureux qu'elle ne s'éloigne pas. Nous étions amis. Des amis qui baisaient ensemble. Parfait. Mais il fallait que je la touche.

— Je pense que si tu as besoin de voir des signes, il n'y a rien de mal à ça. Il n'y a rien de mal à croire que ce dont tu as besoin existe. Je vois des corneilles et des corbeaux tout le temps quand je suis au travail. Ils sont magnifiques. Même si ce film, « les Oiseaux », les a en quelque sorte ruinés pour beaucoup de gens.

— Ils ont une si mauvaise réputation. Ça devrait plutôt être les pigeons. Les pigeons sont le diable.

Elle le dit avec une telle véhémence que je ris.

— Oui, je comprends. Surtout quand ils sont au centre-ville. Ils baissent la tête et chargent.

— C'est tout à fait ça ! dit-elle en riant.

Je me garai dans le parking d'un bar local pour prendre un verre. Ça ne me ferait pas dépasser la limite légale, et je pourrais reprendre le volant.

Ce n'était pas le même endroit où je l'avais rencontrée dans sa robe à paillette, mais je ne voulais pas raviver ses souvenirs. Et franchement, je ne voulais pas qu'elle pense à son ex pendant qu'elle était avec moi. Appelez-moi un bâtard égoïste, mais peu importe. Nous pouvions n'être que des amis, faire tout ce que nous voulions sans attache, mais je ne voulais pas que le souvenir de son ex plane au-dessus de nous. Et pourtant rien que l'idée me donnait la chair de poule.

Parce que quoi qu'il arrive, Erin penserait à notre relation, et peut-être toutes celles qu'elle aurait dans le futur, avec une couche « Nicholas » par-dessus. Il n'y avait pas moyen de contourner cela. Putain, j'aurais toujours mes ex-petites amies dans un coin de ma tête, même si aucune de ces relations n'avait été aussi sérieuse, et que je n'avais pas autant souffert qu'Erin. Il y aurait toujours une certaine forme de comparaison. C'était normal, tout simplement humain.

Mais ça ne voulait pas dire que ça me plaisait.

Je détestais ça, en fait. Putain je détestais ça.

Je fis le tour du véhicule et l'aidai à descendre. Quand son corps glissa lentement le long du mien, je déglutis, le sexe pressé contre son ventre. Ses yeux s'écarquillèrent et je compris qu'elle avait senti.

Je me raclai la gorge.

— C'est dur de rester sain d'esprit quand je suis avec toi.

— Je vais prendre ça comme un compliment, dit-elle en riant.

Je baissai la tête et posai mes lèvres sur les siennes. Juste une douce caresse qui m'emplit de désir et qu'elle ressentit. Je fis glisser mes mains le long de ses bras juste pour la réchauffer, puis m'écartai.

— Il faut que j'arrête de faire ça en public, sinon j'aurais une amende pour outrage à la pudeur.

J'ajustai mon jean, soulagé qu'il ne soit pas trop moulant.

J'allais finir par me blesser avec elle.

Peut-être que je serais de toute façon blessé avec elle.

Merde. D'où venait cette pensée ? Ce que nous partagions, n'avait rien de sérieux. Pas besoin de réfléchir au-delà de ce que nous avions en ce moment. J'avais déjà fait ce genre de choses auparavant : pas de liens, juste de l'amitié et du sexe. J'en étais capable.

Erin n'avait rien de spécial.

C'était bien le plus gros mensonge que je me sois jamais raconté.

Elle passa ses mains sur le devant de son haut pour le tirer un peu en bas, et ce faisant dévoila légèrement son décolleté. Je gémis et fermai les yeux.

— Arrête de jouer avec ton T-shirt comme ça. Ça devient vraiment difficile d'avoir un comportement normal avec tout mon sang qui afflue vers ma queue.

Elle rougit avant de rejeter la tête en arrière dans un éclat de rire.

— Je ne vais pas y arriver.

— Qu'est-ce que c'est censé vouloir dire ?

— Ce que tu fais. Tu m'excites et m'allumes, et là tu m'emmènes dans un bar. Comment suis-je censée penser à autre chose que me jeter sur toi ? expliqua-t-elle avant de s'arrêter, les yeux écarquillés, et de plaquer une main devant sa bouche.

Je restai là, abasourdi pendant une minute. Puis ce fut moi qui renversai la tête pour rire aux éclats.

— Sérieux !

— Je n'arrive pas à croire que je viens de dire ça. Je crois que je n'ai jamais rien dit de pareil dans ma vie.

— Eh bien, ça m'a plu. Donc, si le fait que je te trouve bandante te fait parler comme ça, je vais continuer.

— Ça me dérange.

— Comment ça, dis-je en fronçant les sourcils.

— Oh, ça ne me dérange pas de parler comme ça en privé, même si je ne le fais jamais. Et si quelqu'un avait entendu ?

Je lançai un regard circulaire dans le parking désert.

— Je ne t'aurais pas embrassée ni regardée comme ça, si nous n'avions pas été seuls. Ou alors ça serait involontaire. Je ne vais pas t'embarrasser, Erin. Je ne vais pas te mettre mal à l'aise en attirant les regards sur toi. Jamais. Compris ?

Elle étudia mon visage durant un si long moment que j'eus peur d'avoir dit quelque chose de déplacé. Merde, elle pensait avoir des problèmes avec l'engagement ? Et moi je faisais n'importe quoi.

— Je te crois.

Je soupirai de soulagement et pris sa main.

— Allez, allons boire un verre, et ne pensons pas aux fellations.

— Devin !

— Quoi ? Je ne peux pas m'en empêcher.

— Que tu dis.

— Oui, je pense qu'on a une mauvaise influence l'un sur l'autre.

— Ça ne me dérange pas.

Elle et aucune autre

Je lui serrai la main avant d'entrer dans le bar. Ce n'était pas un boui-boui, mais pas non plus un endroit touristique. Juste un endroit agréable où je connaissais du monde et où on se rendait des services. Je fis signe à plusieurs personnes, mais c'était calme dans l'ensemble. On s'installa dans un coin, mais toujours au bar, et je commandai deux bières.

— Tu ne veux rien d'autre ? demandai-je.

— Non. Une bière, ça me va. Je n'avais pas vraiment prévu de sortir ce soir.

— Alors je suis content que tu aies dit oui. J'ai eu une longue journée et celle de demain sera encore plus longue. Et je voulais juste avoir de tes nouvelles.

— C'est très gentil.

Le barman posa nos bières et on trinqua avant de prendre une gorgée. La bière ambrée glissa dans ma gorge, refroidissant ma langue desséchée, mais elle n'étancha pas ma soif.

J'avais bien peur que seule Erin puisse le faire.

Merde alors.

— Alors, quoi de neuf ? Tu veux parler de ta voix quand j'ai appelé ?

Elle baissa les yeux sur son verre, jouant du bout des doigts avec la condensation.

— Nicholas est passé.

— Est-ce que ça va ? demandai-je en me penchant en avant.

Ses yeux s'écarquillèrent, et elle hocha rapidement la tête.

— Oh, je vais bien. Je ne voulais pas dire ça comme ça. Il est venu chercher ses affaires.

— Il avait des trucs chez toi ?

119

— Oui. Des affaires qu'il ne pouvait pas mettre dans son nouvel appartement. Mais comme il a emménagé avec Becca, tu sais, la femme avec qui il m'a trompée ? Apparemment, ils se marient et emménagent dans une maison. Il avait donc besoin de ses affaires. Bref, je ne sais même pas pourquoi j'ai accepté de les garder tout ce temps, mais je l'ai fait. Stupide que je suis. De toute façon, c'est fini maintenant. Mais il a dit certaines choses auxquelles je ne veux même plus penser. Mais je déteste le fait qu'il me rende tellement furieuse... et amère. Je ne veux pas être ce genre de femme. Je ne veux pas être quelqu'un qui pense à lui comme ça, ou qui ne fait que parler de lui. Exactement comme je suis en train de faire en ce moment. Il n'en vaut pas la peine.

— Tu n'es pas ce genre de femme. Il a longtemps fait partie de ta vie, et il se trouve qu'il a fait partie de ta journée. Évidemment que tu penses à lui.

Ce qui ne voulait pas dire que je n'avais pas envie de casser le nez de ce connard. Quel sale type.

— Je suppose que tu as raison. Mais je déteste ce qu'il me fait ressentir. Et je déteste le laisser me le faire ressentir. Un instant je cherche ce nouveau moi et j'essaie de trouver mon propre chemin, et l'instant d'après je me mets en colère en pensant à lui. À propos de ce qu'il m'a fait et le rôle que j'y ai joué.

— Ne me dis pas que tu te culpabilises.

— Peut-être un peu. J'aurais peut-être dû partir plus tôt. Je ne sais pas. Mais c'est fini, et je ne veux plus y penser. Je suis heureuse, j'adore mon travail et j'ai des amis maintenant qui ne sont pas liés à lui.

— Comme moi ? demandai-je, sans trop savoir pourquoi j'avais dit cela.

Elle et aucune autre

Elle sourit et ses yeux s'assombrirent.

— Comme toi. Je t'aime bien, Devin Carr. Je veux juste que tu le saches.

— Je t'aime bien aussi, dis-je en me penchant pour repousser ses cheveux derrière son oreille.

Je regardai sa gorge alors qu'elle déglutissait, puis reculai pour prendre une gorgée de ma bière. J'avais besoin de réfléchir, de me concentrer. Parce que me jeter sur elle dans un bar m'enverrait direct en prison. Mais putain, ça en vaudrait probablement la peine.

— Bon, on ne va pas parler que de moi. Dis-m'en plus sur toi, dit-elle rapidement après avoir pris une gorgée de sa bière.

Je haussai les épaules.

— Il n'y a pas grand-chose à dire. Tu connais mon métier et ma famille.

— Pas vraiment. Tu es sorti avec Jennifer il y a si longtemps. Je sais que tu as trois frères et sœurs. Mais que font-ils dans la vie ?

Je souris.

— Eh bien, Dimitri est enseignant. Il travaille à Colorado Springs. Et puis il y a ma belle-sœur Thea, dont je t'ai déjà parlé. Ils sont heureux et pensent probablement à faire des enfants, si elle n'est pas déjà enceinte.

— Oh vraiment ? Tu n'as pas encore de neveux et nièces ?

Je secouai la tête.

— Pas que je sache.

— C'est donc une possibilité ?

— Eh bien, Caleb a eu une sa période rebelle.

— Oh mon Dieu. J'espère vraiment que ce n'est pas le cas.

— Je ne pense pas. Mon père était peut-être beaucoup de choses, mais il nous a bien seriné de toujours nous protéger.

Elle ouvrit la bouche comme pour s'aventurer sur le sujet délicat de mon père. J'avais laissé la porte grande ouverte, après tout. Mais elle se contenta de secouer la tête et je compris qu'elle n'irait pas plus loin. Du moins, pas encore. Était-ce parce qu'elle ne voulait pas me connaître plus intimement ? Ou était-ce parce qu'elle savait que le sujet était sensible ? Connaissant Erin, j'avais le sentiment que c'était la dernière option. J'ignorais pourquoi... C'était peut-être ce que j'avais envie de me dire.

— De toute façon, j'ai un neveu, mais c'est un chien. Captain. Un Golden Retriever incroyable qui commence à vieillir.

— Oh, j'adore les Golden Retrievers. Mais j'aimerais qu'ils puissent vivre cinquante ans.

— N'est-ce pas ? Ce sont les meilleurs chiens. J'en ai toujours voulu un, mais je ne suis pas assez à la maison, dis-je avec nonchalance. Bon d'accord, j'ai toujours voulu un animal de compagnie. Mais pas de chien.

— Comment ça ? dit-elle en riant.

— Je suis facteur. Nous n'aimons pas les chiens.

Elle me regarda les yeux écarquillés, puis éclata de rire. Je fis de même.

— Tu n'es pas sérieux.

— Pas vraiment. Mais je suis plus du genre chat ou poisson, même si j'adore Captain, soit dit en passant.

— J'y ai cru pendant un instant.

— C'était le but. Mais pour revenir aux enfants dans la

famille, aucun à ma connaissance. Caleb n'est pas en couple, et je ne pense pas qu'il l'ait jamais été. Il est généralement en Alaska ou dans d'autres endroits reculés.

— Comment ça ?

— Il est chaudronnier.

— Il est quoi ?

— Il monte, installe et prépare des chaudières, des cuves et d'énormes conteneurs. Ce genre de choses. Donc, il était constamment ici et là, à travailler sur des choses auxquelles je ne connais rien. Mais il est revenu à Denver et va rester un petit moment. Il se réoriente dans la construction. Je ne sais pas trop pourquoi, peut-être parce qu'il vieillit un peu. Pas qu'il soit vieux, étant donné que c'est mon petit frère.

— C'est vrai, dit-elle en hochant la tête. Et Amelia ne sort avec personne que je connaisse ? Ou peut-être avec Tobey ?

— Je n'en ai aucune idée. Est-ce qu'ils sortent ensemble ? Peut-être. Je ne peux pas savoir, parce que dès que j'essaie de lui poser des questions sur sa vie amoureuse, elle me fout son pied aux fesses, et j'en ai vraiment marre de me faire botter le derrière par ma petite sœur.

— Sache que les petites sœurs ont besoin d'intimité.

— Oui, peut-être que je devrais aller en parler avec Jenn.

— Peut-être que je ne veux pas que vous vous retrouviez seuls tous les deux. Je n'ai pas envie que vous vous rappeliez les bons souvenirs.

Je savais qu'elle me taquinait, mais avec toute cette histoire d'infidélité avec son ex, il fallait que je mette les choses au clair.

— Jenn et moi sommes sortis ensemble il y a longtemps. Je n'ai même pas l'impression que c'était dans cette vie.

— Oh, je sais. Je ne voulais rien sous-entendre. Je suis totalement d'accord avec toi. Et ne t'inquiète pas, je ne vais pas te confondre avec Nicholas. Promis.
— Tant mieux.
— Est-ce que je t'ai dit que je l'ai appelé Nicky aujourd'hui ?
— Tu n'as pas fait ça, dis-je en souriant.
— Si. Ça l'a rendu tellement furieux. Je ne sais pas pourquoi j'ai fait ça. Je pense que ça m'est passé comme ça par la tête.
— Eh bien, s'il se comporte comme un con avec toi, appelle-le Nicky.
— Je crois bien que j'en serais capable. Je me disais que je ne voulais pas m'abaisser à son niveau, mais c'est peut-être la seule solution pour améliorer les choses.
— Ça, c'est ma meuf, dis-je en faisant tinter mon verre contre le sien.

Elle sourit et je déglutis avec effort, parce que ce n'était pas « ma meuf ». Bien sûr, peut-être pour la nuit, mais en dehors de ça, non.

Nous prîmes un autre verre, partageant la deuxième bière pour que je puisse conduire, en nous dévorant du regard. Personne d'autre n'existait. Quelques amis entrèrent, mais ils ne vinrent pas me voir. Je n'amenais jamais de filles dans ce bar ; c'était mon bar confort. Non pas que je sois un gros buveur, mais je n'aimais pas prendre ma bière seul à la maison. J'aimais être entouré de gens.

J'aimais être avec Erin.

Après avoir payé, je la raccompagnai chez elle, nous tenant la main, un peu silencieux, un peu tendues. Mais mon sexe était dur et la respiration d'Erin haletante.

Elle et aucune autre

C'était une petite caresse par-ci, un effleurement par-là, un petit souffle, un gémissement silencieux. On ne s'embrassait même pas. On se touchait à peine.

Sur le chemin, il y avait une petite carrière de pierre sans surveillance. Je connaissais quelques personnes qui y travaillaient, et je savais qu'il n'y aurait personne à cette heure de la nuit. Je voulais juste voir ce qu'elle ferait. Nous n'avions pas à faire quoi que ce soit, mais je voulais voir si elle dirait oui. Je garai donc la voiture et coupai le moteur avant de la regarder.

Elle jeta un regard par la vitre avant de se tourner vers moi.

— Ça ne ressemble pas à l'endroit où tu habites, Devin.

— Je voulais juste t'embrasser. Est-ce que tu es d'accord ?

— Tu dois me le demander ?

— Avec toi, oui. Je te demanderai toujours.

— Alors embrasse-moi.

Je me penchai et passai lentement mon doigt le long de sa mâchoire, avant de poser mes lèvres sur les siennes.

C'était un doux baiser, juste un effleurement, mais quand elle entrouvrit la bouche, impossible de nous arrêter. Je gémis contre elle et tirai doucement sur ses cheveux pour avoir accès à son cou. Mes baisers devinrent plus exigeants tandis que je défaisais sa ceinture de sécurité. Quand elle posa une main entre nous, sur mon sexe en érection, je gémis.

Mes mains à moi finirent sur son pantalon pour essayer de le faire descendre.

— Devin, j'ai besoin de toi.

— Il faut que je te touche. Je ne pense pas que mon pick-up soit assez confortable pour faire l'amour, mais j'ai juste besoin de te toucher.

— D'accord. Tout ce que tu veux.

— C'est le mot magique.

Je glissai ma main à l'intérieur de sa culotte et pris son sexe dans ma paume. Elle s'immobilisa, frissonnant dans mon étreinte. Je passai lentement mon majeur sur son bouton serré. Elle était si humide que je faillis jouir à l'instant. Je fis rouler son clitoris entre mes doigts, puis glissai ma main plus profondément. Son jean appuyait fermement contre le dos de ma main, et j'avais du mal à la bouger, mais je réussis à passer au moins un doigt le long de ses replis. J'allais et venais lentement entre chaque baiser, chaque coup de langue. Elle haletait, ses mains essayant d'atteindre ma boucle de ceinture, mais c'était elle que je voulais satisfaire.

J'introduisis un doigt en elle et le courbai, tout en passant lentement mon pouce le long de son clitoris et mon majeur sur ce doux faisceau de nerfs.

Quand elle se raidit dans mes bras et jouit, son sexe convulsa autour de mon doigt avec force. Elle haleta, le corps tremblant pendant que je la regardais. En voyant ses pupilles dilatées, je compris que l'orgasme avait été puissant.

Je retirai ma main, caressant doucement son clitoris jusqu'à ce qu'elle frissonne, puis je mis mes doigts dans ma bouche pour les sucer.

— C'était... je n'ai jamais joui aussi vite.

— C'est bon à savoir.

Elle sourit et retourna à ma boucle de ceinture. Je me reculai et la laissai faire. Elle défit lentement ma fermeture éclair et je pivotai mes hanches pour lui donner un meilleur accès.

— Rien ne t'oblige à faire ça, murmurai-je.
— Je le veux. Et tu ne m'en empêcheras pas.
— Une fille comme je les aime.

Encore une fois, elle ne m'appartenait pas, mais ce n'était pas le moment d'y penser. Pas avec sa main sur ma queue et sa bouche tout près.

Elle avait sorti mon sexe et à présent sa tête se balançait lentement au-dessus de moi. Je glissai mes mains dans ses cheveux, la guidant doucement alors qu'elle serrait la base de mon sexe et faisait glisser sa bouche de haut en bas, m'enveloppant d'une caresse chaude.

Elle accéléra la cadence, creusant ses joues alors que sa langue jouait avec mon sexe. Je savais que je ne tiendrais pas longtemps. Je glissai ma main dans ses cheveux, l'autre dans son dos jusqu'à ses fesses que je pressai. Puis je glissai ma main entre ses jambes et sur la couture de son pantalon, juste sur son clitoris. Je frottai fort pour la refaire jouir, mais c'est moi qui jouis. J'essayai de reculer, de l'avertir, mais elle me maintint et prit tout de moi, me léchant comme si j'étais un cornet de crème glacée.

Merde. C'était comme si j'étais redevenu un adolescent à penser à elle comme ça.

Mais une pipe dans ma voiture ?

Oui, c'était un fantasme d'adolescent... Et apparemment, un fantasme actuel aussi.

Elle s'écarta, se lécha ses lèvres et s'essuya le menton. Je grimaçai et me penchai pour l'embrasser durement avant de sourire.

— Tu es un sacré bout de femme.

Elle sourit, le regard pétillant.

— Et tu es un sacré bonhomme.

— J'ai des mouchoirs pour nettoyer ça.

— D'accord. Et puis on peut aller chez toi ? Ou chez moi ? Parce que je ne pense pas qu'on ait déjà terminé.

Je pris son visage entre mes paumes et passai mon pouce sur sa joue.

— Non, Erin. On est loin d'avoir fini.

Les mots étaient à peine sortis, que je priai déjà pour ne pas me tromper. J'espérais ne pas nous blesser tous les deux, mais j'avais le sentiment qu'il n'y aurait pas de solution facile quoi qu'on fasse. Pour aucun de nous deux.

Chapitre Neuf

Erin

Horreur.

Horreur absolue.

C'est la vision à laquelle je fus confrontée en entrant dans ma cuisine.

Mon. Dieu.

Ploc ploc ploc ploc.

Mes mains tremblaient alors que j'essayais d'assimiler ce que je voyais. Ma bouche était complètement sèche et j'avais l'impression d'avoir des visions. Il *fallait* que ça soit des visions.

— Oh mon Dieu, murmurai-je en essayant de ne pas sombrer dans l'hystérie.

Je ne pouvais pas me permettre de paniquer, même si j'en mourais d'envie.

Il avait plu toute la soirée, au point qu'il y avait eu des inondations dans la région. J'avais beaucoup de chance que ma maison soit située sur une petite colline et de ne pas avoir eu autant de dégâts que d'autres... du moins, chez moi.

Mais sur mon lieu de travail ? Oh mon Dieu.

L'arrière de ma cuisine était inondé, comme si un lac s'y était déversé. Je pouvais à peine respirer.

Non, en fait j'avais arrêté de respirer.

Je passai ma main sur ma poitrine, essayant de me calmer, mais j'aurais juré entendre mon cœur battre dans mes oreilles. C'était comme un écho qui n'en finissait pas.

Je levai les yeux vers le plafond et essayai de comprendre. Le faux plafond était en miettes à l'endroit où l'eau s'était infiltrée.

Ce n'était pas un tuyau qui avait lâché. Non, ça venait du toit lui-même. Ma boutique n'avait qu'un étage, sans rien au-dessus. Donc, tout ce qui était entré par le toit venait de la tempête elle-même. Ça, combiné à la vétusté du plafond.

Tout mon matériel était inondé. Et le pire, c'est que ce n'était pas que dans le coin cuisine.

En voyant les cinq centimètres d'eau au sol et sur mes plans de travail immaculés et tout le reste, je poussai un hurlement, coupai le courant et courus vérifier le réfrigérateur. Le gâteau sur lequel j'avais passé des heures, celui qui comptait plus que tout pour moi en ce moment en raison du mariage qui avait lieu le lendemain, était là.

Mais ce que je regardais... ne ressemblait pas à un gâteau.

Cela ne ressemblait à rien.

— Oh, mon Dieu, répétai-je, les mains tremblantes.

Une partie du réfrigérateur s'était enfoncée, même s'il

Elle et aucune autre

était en acier inoxydable et bien isolé. L'inondation l'avait bosselé et de l'eau s'était infiltrée à l'intérieur, juste sur mon gâteau.

Mon travail était magnifique : un fondant blanc en forme de dentelle fait main, des fleurs bleues comestibles tout autour faites avec des pétales minutieusement fabriqués un par un à la main et de couleur bleue qui devait rappeler les yeux du marié.

J'avais regardé le visage de ce marié sur une photo pendant des jours afin de ne pas me tromper. C'était le même bleu que celui des robes des demoiselles d'honneur. Le bleu de presque tout. Parce que la mariée aimait tellement son futur mari qu'elle le voulait partout. L'idée ne venait pas de lui, mais d'elle, et elle avait mis son fiancé dans tout.

Et maintenant, le gâteau ressemblait à la mariée de « Noces funèbres ».

La dentelle avait coulé sur elle-même, ainsi que le bleu. On aurait dit que des stries bleues palpitaient le long de la dentelle, comme les veines bleues d'une mariée zombie. Ce n'était pas le mariage du jour, mais le mariage de l'enfer.

— Oh mon Dieu ! cria Zoey depuis la porte d'entrée.

J'essayai de crier son nom, lui dire où j'étais, mais quand j'ouvris la bouche, rien n'en sortit.

Ça ne marchait plus.

Mes mains étaient engourdies, mon cerveau ne fonctionnait plus, mais j'allais y arriver. Je pouvais le faire. Je pouvais arranger ça, refaire ce gâteau, appeler l'assurance, tout nettoyer. Je pourrais tout faire.

Alors pourquoi est-ce que je ne respirais plus ?

Pourquoi est-ce que ça m'arrivait à moi ?

Oh mon Dieu. Toute ma vie était là. Mes économies, ma retraite. Mon entreprise : la seule chose qui me restait après le divorce. Et tout était parti en fumée, comme ce gâteau mort, devant moi.

— Oh mon Dieu. Le gâteau. On dirait un cadavre. Tu sais, comme ce film de Tim Burton ? « Noces funèbres ».

Je me retournai, ignorant les éclaboussures d'eau.

— Pourquoi est-ce que c'est la première chose à laquelle j'ai pensé moi aussi ? demandai-je en mettant mes mains sur mes yeux.

— Je n'arrive plus à réfléchir. Il faut couper l'eau. Mais ce n'est pas de l'eau, n'est-ce pas ? Ce n'est pas un tuyau. C'est la pluie.

Je baissai les mains et regardai Zoey.

Elle secoua la tête, et des larmes se mirent à couler sur ses joues.

— Non. Ce n'est pas un tuyau, dit-elle. Il a beaucoup plu. On peut arranger ça. Je connais une équipe de nettoyage. Toi, appelle les assureurs, et après on s'occupera du reste. Appelle ton équipe et fais-les venir. Je vais dire à Amelia de venir aussi. On trouvera une solution.

Je ne pleurais pas. Je ne faisais pas grand-chose d'ailleurs. J'étais plantée là tout en sachant que je ne pouvais pas rester plantée là. Il fallait que je prenne des décisions. Je devais prendre les choses en main et me débrouiller, parce que j'allais devoir m'en sortir seule. Je pouvais le faire. J'étais forte. J'étais capable. Je pouvais tout faire à condition d'arriver à concentrer mon esprit dessus.

Et je ne pouvais pas servir un gâteau « Noces funèbres ».

— Pourquoi est-ce que je n'arrive pas à sortir Tim Burton de ma tête ? demandai-je.

Je commençais à céder légèrement à l'hystérie. Bon d'accord, peut-être que je cédais carrément à l'hystérie.

— Parce que ça ressemble à sa robe. Mais ne t'inquiète pas. Tu vas appeler la mariée et lui dire ce qui s'est passé.

— Oh mon Dieu. Elle va mourir.

— Non. C'est le gâteau qui est mort. Ça va aller. Tu peux en faire un autre.

— Le mariage est pour demain.

Zoey ne cessait de hocher la tête, le regard fou.

— Je sais. Mais tu peux le faire chez toi.

— Je ne peux pas.

— Si tu peux. Arrête ça. Reprends tes esprits.

Je reniflai, puis ris. Puis des larmes se mirent à couler, et je me détestai d'être comme ça.

Zoey s'avança, les mains tendues, et je secouai la tête.

— Non. Ne fais pas ça ou je vais pleurer encore plus fort, et je n'ai pas le temps pour ça. Bon, on va nettoyer, faire des listes et s'organiser. Ça va. Tout va bien se passer.

— D'accord, oui, je te crois. Mais d'abord, viens par là. Sortons de ce frigo et de cette eau parce que tu commences à faire des bruits sur une fréquence que seuls les chiens peuvent entendre.

— C'est vrai.

— Oh mon Dieu.

— Chérie ? Erin ?

— Madame Murphy ! dis-je m'éloignant de Zoey après lui avoir rapidement pressé l'épaule.

Je me dirigeai vers ma voisine de commerce qui vendait des tartes. En fait, elle était à deux immeubles plus loin, et nos commerces n'étaient pas en concurrence. Je faisais surtout des gâteaux, des cupcakes et des brownies. Elle faisait des tartes qu'elle vendait en boutique, contrairement à moi qui travaillais sur commande. Il nous arrivait parfois de travailler ensemble et de vendre les mêmes choses. Je l'aimais énormément, et j'avais juste envie de pleurer sur son épaule. Mme Murphy était dans sa soixante avancée, jolie, mince, et elle faisait au moins vingt ans de moins que son âge. Ses cheveux étaient relevés en un haut chignon, et ses grandes et larges lunettes étaient tout à fait à la mode, sauf qu'elle les avait adoptées à une époque où ce n'était pas à la mode.

— Je passais devant votre boutique avec mon café et j'ai vu ça. Oh mon Dieu, chérie. Qu'est-ce que je peux faire ?

— Je ne sais pas encore. Mais je pourrais avoir besoin de votre aide. J'ai un gâteau à rendre demain et je ne sais pas quoi faire.

— Eh bien, tout d'abord, appelez votre expert en sinistres. Ensuite, venez utiliser ma cuisine. Je n'ai pas tous les ustensiles dont vous pourriez avoir besoin, mais l'eau ne semble pas être montée de ce côté-ci du magasin, alors apportez votre matériel chez moi. À nous deux et ceux de votre équipe que vous pourrez faire venir, on y arrivera. Faites ce que vous avez à faire, et ça sera épatant.

— Je ne… je ne sais pas quoi dire, dis-je d'une voix qui s'était à nouveau changée en un couinement aigu.

— Vous m'avez aidée quand je me suis cassé la jambe et que je ne pouvais plus cuisiner. Vous avez travaillé jour et nuit pour que je ne perde pas mes clients, et je vais faire la même chose pour vous, jeune fille. Compris ?

Je ne pouvais rien dire. Les larmes menaçaient à nouveau de couler, mais je refusais de me laisser aller. Parce que si je commençais à pleurer, je ne m'arrêterais plus. Et il fallait que je reste forte.

Zoey étreignit notre voisine.

— Vous êtes formidable, madame Murphy. Allez, mettons-nous au travail. Je vais appeler mon magasin et leur dire que je ne serai pas là aujourd'hui.

— Tu es la propriétaire du magasin, Zoey. Tu ne peux pas faire ça.

— Je suis la propriétaire du magasin, donc justement je peux le faire.

— Je ne peux pas te demander ça. Je ne voulais pas l'empêcher de travailler. Tout ça, c'était mon problème.

— Je peux faire tout ce que je veux. Et je connais ce regard. Tu te dis que tout est de ta faute, ou un truc de ce genre. Alors, ferme-la parce je t'aime. Il s'agit d'un phénomène météorologique, une véritable catastrophe naturelle. Alors ferme ta gueule et fais ce que je dis.

— Il me semble que tu as dit que c'est moi la patronne ici. Tu ne peux pas t'occuper de ça.

— Dès que tu te seras remise à respirer et que tu auras arrêté de flipper, tu pourras redevenir la patronne.

— Vous savez, en temps normal je vous ferais la leçon à toutes les deux pour votre langage, mais je ne vais rien dire pour le moment, déclara Mme Murphy en nous souriant.

Je me ressaisis et redressai les épaules.

— D'accord. Allons-y.

— Tu vois ? Ta voix est déjà moins aiguë chérie. Maintenant, seuls *certains* chiens peuvent t'entendre.

Je lui fis un doigt d'honneur, et fus gênée en voyant Mme Murphy secouer la tête. Puis je me mis au travail.

Ça nous prit cinq heures. Cinq heures à passer des coups

de fil aux experts, envoyer des e-mails et gérer des mariés en pleurs.

Mais nous allions réussir.

Amelia arriva à l'heure du repas avec des sandwichs, des sodas et des chips pour tout le monde. Elle retroussa ses manches et m'aida avec le fondant. Tout en passant des appels sur mon téléphone et en consultant mon ordinateur dans un coin, je réussis à cuire mon cœur.

La mariée et moi nous sommes mises d'accord pour quelque chose de moins complexe, mais tout aussi magnifique. Je n'allais pas dormir de la nuit, mais j'y arriverai.

Entre mon équipe, celle de Mme Murphy, la femme elle-même et mes deux amies, on fit tout notre possible.

Je stressais toujours à mort en pensant à la perte de revenus et au fait que j'allais devoir emprunter la cuisine de Mme Murphy plus longtemps que prévu. Je n'aurais pas d'endroit où travailler tant que les experts n'auraient pas terminé leur travail et que les entrepreneurs n'auraient pas tout remis en marche. Mais j'allais m'en sortir. Je n'aurais plus qu'à me remettre à cuisiner chez moi, comme à mes débuts.

Parce qu'il n'y avait pas d'autre choix.

Zoey était arrivée avec de belles fleurs bleues que nous allions utiliser autour du gâteau. Je pourrais aussi en refaire des comestibles, mais il fallait utiliser de vraies fleurs. Tout ne serait pas mangeable, mais ce serait quand même beau.

Et il n'y aurait pas de la dentelle partout, juste sur le niveau supérieur et le troisième niveau. Le deuxième niveau et la base seraient faits de fondant, mais j'allais faire de mon mieux pour lui donner un effet matelassé et y ajouter des perles comestibles.

Elle et aucune autre

Tout allait s'arranger. Ça ne serait pas un gâteau de mariée « Noces funèbres ».

Mais l'endroit qui était mon cœur et mon âme, l'entreprise où j'avais consacré une si grande partie de ma vie, devait être refaite. Tout ça parce qu'un orage était passé à travers mon toit et avait tout détruit.

J'avais l'impression de pouvoir à peine reprendre mon souffle, mais ça irait. J'allais tout arranger.

Ce n'était pas comme si j'avais le choix.

J'étais en train de travailler sur les fleurs comestibles lorsque la porte de la pâtisserie de Mme Murphy s'ouvrit et que la cloche signala l'arrivée d'un client. Je me figeai en entendant une voix familière.

Une voix profonde qui m'alla droit au cœur et redressa ma colonne vertébrale.

— Où est-elle ? demanda Devin.

Je tournais la tête et le dos à l'entrée en travaillant sur les fleurs, donc je ne pouvais pas le voir. Je devais me concentrer. Je n'avais pas le temps pour autre chose que ce projet.

Mais putain, sa voix me fit des choses.

— Erin ? Est-ce que ça va ? demanda-t-il en se plaçant près de moi.

Je risquai un coup d'œil vers lui et tentai de sourire. À voir ses sourcils se hausser, je compris que je n'avais pas été convaincante.

— Je vais bien.

— Elle ne va pas bien, mais au moins sa voix est moins aiguë. Maintenant, les humains et les chiens peuvent tous les deux l'entendre.

— Je te ferais bien un doigt d'honneur, Zoey, mais j'en ai plein les mains.

— Je vois bien que tu en as plein les mains. Pourquoi est-ce que tu ne m'as pas appelé ? demanda Devin en me regardant avec une expression si féroce que je m'en détournai.

C'était difficile de se concentrer quand il était là. Difficile de faire autre chose que le vouloir quand il était près de moi.

Et c'était bien le problème.

— Je... je n'y ai pas pensé.

— Tu n'y as pas pensé.

Je grimaçai.

— Je suis désolée. Tout le monde est venu m'aider. Je me débrouillais bien seule. Je veux dire, je voulais m'en sortir seule. Je le devais... Enfin, peut-être. Mais ils sont tous venus. Et ils ont été incroyables. Je suis désolée, mais je n'ai vraiment pas pensé à t'appeler.

Je grimaçai à nouveau avant de préciser :

— Je veux dire, tu ne travailles pas en rapport avec la pâtisserie ou ce genre de choses.

— Non. Ma sœur non plus. Ni Zoey. Et tu n'as pas à t'en sortir toute seule, Erin.

C'était une vraie gifle verbale ou je ne m'y connaissais pas.

— Je suis désolée, dis-je en secouant la tête.

— J'ai compris. Tu n'as pas à être désolée. Mais nous sommes aussi amis, non ? Ne l'oublie pas. Maintenant, dis-moi ce que je peux faire pour t'aider et on le fera. Tu as un entrepreneur ?

— Oui.

— C'est quelqu'un que tu aurais recommandé de toute façon, dit Amelia depuis l'autre bout de la cuisine.

— Bon. Maintenant, dis-moi ce que je peux faire.

Elle et aucune autre

Je me contentai de le regarder en me demandant comment ma vie était devenue ainsi. J'avais tant de gens sur qui compter, tant d'amis qui ne faisaient pas partie de ma vie à l'époque où j'étais avec Nicholas.

Je ne savais ni quoi dire ni quoi faire, et j'avais peur de me remettre à pleurer si j'y réfléchissais trop. Alors, je chassai ces pensées de ma tête et m'en tins à ma liste mentale.

Être occupée m'aiderait. Ensuite, je pourrai réfléchir à mes sentiments.

Peut-être.

Ou peut-être pas.

Chapitre Dix

Devin

Je m'adossai au mur et regardai l'énorme chien devant moi. Oh, il semblait amical. Ils l'étaient tous en général.

Il me fixa en plissant ses yeux sombres, et je baissai la tête en essayant d'avoir l'air calme... comme si je n'étais pas une menace. D'ailleurs, je n'étais pas une menace. La menace c'était celui avec les dents pointues et les poils hirsutes.

— Est-ce que tu fixes mon chien ? demanda Dimitri en entrant dans le salon avec deux bières.

— Tu dis chien, je dis bête.

Captain, le très sympathique et adorable Golden Retriever vieillissant aboya une fois, puis se pencha vers ma main tendue.

Elle et aucune autre

Je n'avais pas peur des chiens, pas vraiment. J'avais juste été coursé par un ou deux d'entre eux. Et jamais par les grands. Non, c'était toujours les petits, ceux qui jappaient tout le temps. Oui, c'étaient ceux-là même que dans ma profession on appelait des démons. Ils s'accrocheraient à votre cheville comme dans les films où on devait les secouer. Mais on ne pouvait pas secouer le pauvre Choupinou, parce que si on le blessait, c'était de votre faute, et non celle du chien ou des maîtres qui laissaient leurs petits rats en liberté.

Je chassai ces pensées en réalisant que je réfléchissais à des chiens invisibles qui n'existaient pas. Je n'avais pas peur des chiens.

Et j'adorais celui-ci.

Captain était dans la vie de Dimitri depuis un moment déjà. Il était gentil, attentionné et semblait deviner que je n'étais pas très fan des quatre pattes. Il était toujours sympa avec moi, mais j'étais certain qu'il se foutait aussi de moi. Comme maintenant où il me surveillait calmement en plissant les yeux, juste pour voir ce que j'allais faire.

Mais Captain était un bon garçon.

Et j'adorais les chiens.

Mais je n'en voulais pas.

En tout cas, pas avant ma retraite.

— Captain, viens ici, dit Dimitri en retenant un rire.

Je lançai un regard noir à mon frère et lui pris la bière des mains.

— Je ne déteste pas ton chien.

— Je sais bien. Et je sais que tu te le répètes en boucle dans ta tête. Mais franchement, c'est comme si tu voulais être un cliché.

Je pris une gorgée de ma bière et pointai le goulot de la bouteille vers mon frère aîné.

— Ce n'est pas un cliché si ça se produit réellement. Et je suis pratiquement certain que ton chien aime me faire peur.

— Oui, il en est tout à fait capable.

Dimitri croisa le regard de son chien, et j'aurais juré voir de la complicité entre eux. Oui, ils se foutaient de moi tous les deux. J'aimais vraiment Captain, ainsi que tous les chiens adorables. Par contre je n'aimais pas les jappeurs qui m'attaquaient quand j'essayais de livrer le courrier. Mais peu importe. C'était un aléa du travail auquel je faisais face tous les jours.

— Quoi qu'il en soit, merci de nous avoir tous invités à dîner, dit Dimitri en caressant la tête de Captain.

Captain avait été nommé d'après Captain America. Dimitri et le nouvel amour de sa vie étaient également accros à tout ce qui concernait Marvel. Ça ne me dérangeait pas, mais quand j'étais tombé sur eux dans leur cuisine à parler de « sur ta gauche », « Je t'aime plus que trois fois mille » ou voir les fesses d'America, je m'étais dit que je ne voulais vraiment pas en savoir plus sur leur fascination pour Marvel.

J'aimais bien leurs films et j'adorais leurs bandes dessinées, mais je me demandais comment les films Marvel pouvaient entrer dans la vie sexuelle des gens.

— Je me suis dit qu'on n'avait pas mangé en famille depuis un moment, et c'était plus facile pour vous de venir ici que nous tous d'aller chez vous, mais on inversera aussi.

— Caleb va prendre une plus grande maison, et on pourra tous y tenir.

— Je sais qu'il est dans la cuisine avec Amelia et Thea,

mais est-ce que tu sais pourquoi il a démissionné pour s'installer ici ? demandai-je en baissant la voix.

— Non. Et je ne vais pas lui demander.

— Vraiment ? dis-je, surpris. Tu ne vas pas t'en mêler ?

— Je suis peut-être le grand frère, mais tu es plus fouineur que moi.

— Je ne suis pas comme ça, dis-je en fronçant les sourcils.

— Si tu l'es, déclara Amelia en entrant avec un verre de vin à la main.

Elle avait coiffé ses cheveux noirs en une sorte de haut chignon désordonné. Elle travaillait si dur ces jours-ci que je la voyais rarement, à part la semaine dernière à la boulangerie de Mme Murphy quand j'étais venu aider Erin... même si elle avait refusé mon aide.

Non, je n'allais pas recommencer avec ça. Du moins pas maintenant.

— Dimitri est pire que moi, dis-je rapidement.

— En fait, vous êtes pratiquement pareils.

Dimitri et moi protestâmes en même temps, et on se regarda sans trop savoir qui devait être le plus offensé. Plutôt moi, non ?

— Oh allez, Dimitri vit à Colorado Springs, alors maintenant, il se contente de FaceTimes, d'envoyer des SMS et d'appeler pour savoir si je vais bien et si j'ai un comportement approprié, expliqua Amelia en levant les yeux au ciel et en buvant une gorgée de son vin.

— Mon lapin en sucre parle de comportement approprié ? intervint Thea en entrant avec une assiette de fromages.

Le fait que la femme de mon frère porte une assiette de fromages n'était pas du tout surprenant. J'étais certain que si le fromage pouvait symboliser un autre aspect de leur relation— un peu comme Marvel— ils formeraient un quatuor étrange avec lequel je ne voulais rien avoir à faire. Ils étaient à la fois décalés et adorables. Et j'adorais ça.

C'était bon de voir Dimitri heureux. Il n'avait pas vraiment été heureux avec son ex-femme. Mais nous n'avions rien dit, parce que ce n'étaient pas nos affaires. Et à l'époque, on croyait qu'il était heureux.

On avait tort. Tellement tort.

— Lapin en sucre ? répéta Dimitri en haussant un seul sourcil.

Moi, je n'arrivais pas à faire ça. Apparemment, c'était héréditaire, mais seul Dimitri était capable de le faire avec ce niveau de perfection. Il s'entraînait sûrement des heures devant un miroir. Ça ne m'aurait pas étonné.

— Ben quoi ? J'aime essayer de nouvelles phrases. Et sache que tu es aussi horrible que Devin. Caleb n'est pas mal non plus. Tout comme Amelia, expliqua Thea sans se départir de son sourire alors que nous la fixions tous du regard. Quoi ? Vous vous mêlez tous des affaires des uns et des autres, vous êtes tous surprotecteurs à votre manière, et vous voulez ce qu'il y a de mieux pour les uns et les autres. C'est comme si vous étiez des Montgomery.

— Nous sommes des Carr, grommela Caleb en entrant, une bière à la main.

Il s'appuya contre l'embrasure de la porte, un peu à part mais toujours dans le groupe : du Caleb tout craché, quoi.

— Je sais que vous êtes des Carr. Je dis juste que vous avez un grand sens de la famille, et que donc vous êtes envahissants. Maintenant, qui veut du fromage ?

— Pas besoin de me poser la question, dit Dimitri en posant un regard brûlant sur elle.

— Ça suffit. Arrêtez de vous baiser du regard par-dessus le plateau de fromages, grommelai-je en lui prenant l'assiette.

— C'est une image que je ne veux plus jamais revoir dans ma tête, déclara Caleb en reniflant avant de prendre une tranche de Havarti et un craquelin.

— Il y a quatre types de fromages, mais j'en ai deux autres si aucun ne vous plaît.

— Alors, tu as apporté tout un assortiment de fromages chez moi ? demandai-je en prenant une bouchée de brie sur un morceau de pain grillé.

Thea avait ajouté un peu de miel par-dessus, et je faillis venir dans mon jean. Mon Dieu, je devenais comme eux avec leur fromage. J'avais besoin d'aide. Ou j'avais juste besoin de plus de fromage.

— Bien sûr que j'ai apporté du fromage, déclara Thea en me lançant un regard faussement innocent. Comment veux-tu que je parte de chez moi sans fromage ?

— Ou de pâtisseries, ajouta Amelia en mâchonnant un morceau de cheddar vieilli. Elle a apporté le dessert.

— Vu que tu tiens une pâtisserie, c'est un peu ton truc, dis-je.

— Et celui d'Erin, renchérit Amelia en battant des cils.

— Erin ? Qui est Erin ? demanda Thea.

— Erin Taborn. C'était Erin Rose au lycée, expliqua Amelia.

J'essayai de la faire taire, mais elle me tourna tout bonnement le dos pour me mettre à l'écart et qu'ils puissent tranquillement parler de moi. Ah, la famille.

— Attends, et tu n'étais pas sorti avec sa sœur au lycée ? demanda Dimitri.

— Elle s'appelait Jennifer, précisa Caleb.

Je leur fis un doigt d'honneur.

— Comment est-ce que vous savez tout ça ? grommelai-je.

— Eh bien, premièrement, Amelia le savait, donc on en a un peu parlé. Thea n'en savait rien, mais maintenant que c'est fait, on peut tous parler de ta vie sexuelle, expliqua Caleb en souriant.

— Après tout, on l'a vue endormie sur ton canapé.

— Tu l'as fait dormir sur ton canapé ? répéta Thea.

— C'était juste une fois, et après qu'elle avait quitté son mari.

— Oh mon Dieu, Devin.

— Oh ça va. Ce n'est pas ce que je voulais dire, dis-je en me pinçant l'arête du nez. Je ne vais pas rentrer là-dedans.

— Moi si, déclara Amelia avant d'exposer tous les détails à sa connaissance.

Et elle en savait énormément, ce qui m'inquiéta.

— Et maintenant sa boutique est inondée ? demanda Thea, les mains sur la bouche. Est-ce qu'on peut faire quelque chose ? Je veux dire, je sais que c'est un peu loin de chez moi, mais je peux peut-être l'aider. Je préfère ne pas penser à ce que je ferais si ça m'arrivait.

Dimitri se pencha vers elle pour lui embrasser le haut de la tête.

— Étant donné que ta pâtisserie a failli couler en plein succès, et ce qui s'est ensuite passé, ne parlons plus de ça, d'accord ? dit-il en la regardant.

On garda tous le silence, alors que les deux se regardaient.

Le couple avait traversé l'enfer pour se mettre ensemble, et j'étais content qu'ils soient là l'un pour l'autre. D'ailleurs, le fait que Thea soit prête à aider une femme qu'elle ne connaissait pas, en disait long sur elle.

— Erin va s'en sortir. Ça va faire une semaine maintenant, et les choses ont pas mal avancé. Elle cuisine chez elle et dans la cuisine d'une autre boutique. Ça ne devrait pas prendre plus de quelques semaines avant que les choses reviennent à la normale. Elle est stressée, mais elle avance.

— Tant mieux. Mais dis-lui bien que s'il y a quoi que ce soit que je puisse faire, qu'elle n'hésite pas, que ce soit du matériel ou des fournitures qu'elle ne peut pas acheter tout de suite.

— Je lui ferai savoir.

— Il y a intérêt.

— Elle est un peu comme toi, Thea. Elle n'acceptera probablement pas la moindre aide à moins que tu ne la forces. Je vais donc surveiller ça, dit Amélia en souriant. Si elle semble avoir besoin d'aide et commence à refuser, je la forcerai.

— Hé, ne l'étouffe pas, dis-je en regardant ma bière.

— Je ne vais pas l'*étouffer*, déclara Amelia. C'est mon amie et je veux l'aider.

— C'est aussi mon amie. Et elle n'aime pas demander de l'aide.

Après tout, elle ne m'avait pas du tout demandé de l'aide. Elle n'avait même pas pensé à me contacter. Non, tout le monde l'avait aidée, sauf moi.

Ça m'énervait toujours, parce que même si nous n'étions

que des amis— des amis de baise— il aurait dû y en avoir plus dans ce genre de moments. J'aurais dû pouvoir aider. Mais elle n'avait pas voulu compter sur moi.

Et c'était exaspérant.

— Amis ? demanda Caleb.

— Nous n'avons pas d'étiquette précise. Elle vient de sortir d'une très longue relation. Un mariage qui ne s'est pas bien terminé, et elle ne veut rien de sérieux.

Tout le monde se tut, et Dimitri croisa mon regard, l'expression inquiète.

— Et toi, qu'est-ce que tu veux, toi ?

— Je veux juste qu'elle soit heureuse, murmurai-je sans réaliser ce que je venais de dire.

— Qu'est-ce que ça signifie ? demanda Amelia en posant sa main sur mon avant-bras. Parce que toi aussi tu as besoin d'être heureux, Devin.

Je grommelai quelque chose et redressai les épaules. Même Captain s'appuya contre moi, comme s'il savait que je me sentais quelque peu déprimé. Je ne voulais pas qu'ils voient ça. Dimitri plaisantait peut-être tout à l'heure, mais c'était moi celui qui s'occupait des gens. Comme lui, mais comme il vivait dans le sud, j'étais plus proche du reste de la famille, et je devais être le plus fort.

— Je vais bien. Nous n'en sommes qu'à quelques semaines. Ce n'est pas comme si on entendait déjà les cloches de mariage.

— En tout cas, elle fait des gâteaux de mariage, dit Caleb en souriant.

— Oui, mais pas pour elle. Ça n'arrivera pas.

Impossible que ça arrive, surtout si elle avait son mot à dire.

Elle et aucune autre

Non pas que je veuille me marier, mais le statut trouble de notre relation était bizarre pour moi. Parce qu'au final, je souhaitais m'installer et fonder une famille. Je voyais la relation de Dimitri et Thea, leur chien, et le fait qu'ils pensaient aux enfants. Et je voulais la même chose.

Mais ça n'arriverait pas avec Erin.

J'allais devoir y réfléchir.

— Je croyais que ça serait moi qui ferais vos gâteaux de mariage ? dit Thea en posant les mains sur ses hanches. C'était en quelque sorte le deal quand je suis arrivée dans cette famille.

— Si on accueille une autre pâtissière dans la famille, on va avoir des guerres de gâteaux. Peut-être qu'on pourrait participer à une émission de télé, émit Amelia en tapant dans ses mains. Ça serait amusant.

— Pas de guerres de pâtissière, déclara Dimitri. En plus, Thea est la meilleure.

— Ah oui ? dis-je en haussant les sourcils. Je suis sûr que c'est Erin la meilleure.

— Quelle provocation. Et dire que je te laisse manger mon fromage, déclara Thea en me prenant l'assiette et en levant le menton. Pas de fromage pour les gens qui se moquent de mes gâteaux.

— Je ne m'en suis pas moqué. J'ai juste dit qu'Erin était plus forte.

— Parce que tu couches avec elle, dit Caleb en prenant un morceau de fromage. Tu es forcé de dire ça.

— Non. J'aime bien ses marchandises.

— Oh, tais-toi, dit Amelia. Ta blague est nulle.

— C'est vrai, dis-je en souriant. Tu es incroyable, Thea.

On va dire que vous êtes à égalité, comme ça je ne me prendrai pas un coup de pied dans le tibia.

— Oh, ce n'était pas ton tibia que j'allais botter, mon cher Devin, dit Thea en croisant mon regard.

Je grimaçai et me couvris, ce qui fit rire toute l'assemblée.

On continua de discuter, et j'écoutais ma famille en me demandant comment j'en étais arrivé là. Je détestais le sentiment d'insécurité et de ne pas faire ce qu'il fallait.

Mais ça irait. Je pourrais rendre Erin heureuse, ne serait-ce que pour un petit moment. Ensuite je réfléchirai à ce dont j'avais besoin. Je trouverai le temps de m'installer.

Parce qu'au final, mon destin était entre mes mains. À moi et personne d'autre.

Je ne serai pas blessé, et je ne laisserai pas non plus Erin souffrir. Nous allions trouver une solution.

Du moins, je l'espérais.

Chapitre Onze

Erin

J'ÉTAIS ÉREINTÉE, MAIS EN MÊME TEMPS EXALTÉE. Ma boutique avait été inondée il y a deux semaines. C'était terrifiant de me dire que j'aurais pu tout perdre— et que j'avais pas mal perdu. Tout ça à cause de la pluie et d'un toit vétuste qui n'aurait pas dû être si vétuste.

Le local avait pourtant été inspecté durant l'année, mais soit les experts étaient passés à côté de quelque chose, soit la pluie et le vent avaient trouvé la faille.

L'expert en assurance n'en savait rien, mais je fus remboursée. Ce n'était pas pour rien que je payais une fortune en assurance : finalement je n'allais pas perdre toutes mes économies.

Avant, j'aurais probablement bien plus paniqué, et j'aurais tenté de m'appuyer sur Nicholas... qui ne m'aurait pas laissé faire. Il aurait été concentré sur sa recherche d'emploi, sa création d'entreprise ou n'importe quoi d'autre en rapport avec sa petite personne.

Je ne me rendais pas compte à quel point il était borné et égoïste, jusqu'à ce qu'il soit trop tard.

Tout ce que j'avais accompli, ça avait été uniquement par moi-même. Sans lui. Sans son aide. C'est pour ça que seul mon nom figurait sur les papiers et qu'il n'en faisait pas partie. Il ne m'en avait jamais cru capable, et n'avait pas voulu qu'on dépense de l'argent pour moi... juste pour lui.

Je ne m'en étais pas rendu compte à l'époque. Je croyais simplement qu'il ne voulait pas qu'on prenne des risques. Même si toutes ses actions étaient des risques.

Mais cette vie était finie. Je n'étais plus avec lui et je ne le serais plus jamais.

Grâce à mes amis, en particulier Mme Murphy, je m'en sortais bien. Les dégâts n'avaient pas été aussi graves que je le pensais et le réfrigérateur serait bientôt remplacé. Ça signifiait que j'allais pouvoir réintégrer mon magasin. Peut-être même demain. C'est dire à quelle vitesse tout le monde avait travaillé pour moi. Tout le monde avait été génial. Franchement, je n'arrivais pas à croire qu'autant de monde se soucie de moi à présent.

Surtout Devin.

Il était censé n'être qu'une distraction. Juste un amusement. Et pourtant je m'appuyais sur lui. Je comptais sur lui. Et c'était effrayant.

Et s'il me quittait ? Et s'il décidait que c'était trop, tout comme Nicholas... Comme mon père.

Je secouai la tête et repoussai mes pensées. Mieux valait ne pas m'attarder sur ce genre de choses. Ce n'était pas parce que j'avais peur de ce qui pourrait arriver que ça allait arriver.

Après tout, Devin et moi avions été très prudents. On s'était dit qu'il n'y aurait rien de sérieux, qu'on coucherait et sortirait ensemble à l'occasion.

Comme on a été très occupés, on ne s'est pas beaucoup vus en dehors des quelques fois où il est venu m'aider.

Et ça m'allait très bien.

Je n'avais pas besoin de plus. Sinon j'en voudrais davantage, et je pourrais commencer à compter dessus : il fallait que je comprenne que je ne pouvais compter que sur moi.

Le fait était que je comptais aussi sur mes amis— Amelia, Zoey, Mme Murphy— mais c'étaient des amis. C'était différent.

Ma sœur Jennifer était bien trop occupée avec sa famille et je ne voulais pas m'appuyer sur elle. Je savais qu'elle me laisserait faire, mais je refusais d'y céder.

Et Devin ? Oui, c'était un ami. Mais comme notre relation n'était pas claire, je devais faire attention. Tant qu'on restait prudent, personne ne souffrirait.

— Qu'est-ce que tu penses de celle-là ? demanda Jennifer en tenant une toute petite robe noire contre elle.

Je souris et secouai la tête.

— J'imagine une de tes filles dedans.

Jennifer leva la tête et plissa les yeux.

— Excuse-moi ? Mes bébés sont *loin* de porter ce genre de robes.

— Je ne suis pas sûre que tes fesses rentrent dedans.

Elle me fit un doigt d'honneur.

— Je blague, dis-je en secouant la tête. Tes fesses sont parfaites, et même si elles ne rentrent pas dedans, on s'en fiche. Tu pourras quand même la porter pour aller où tu veux. Tu es magnifique, Jennifer.

— Oh, tu es adorable. Mais tu as raison. Je ne pense pas pouvoir me promener dans la rue avec les fesses à l'air. Mais peut-être à la maison avec mon chéri.

Je simulai un frisson, et elle se moqua de moi.

— Tu es ridicule. J'ai des petites filles, tu sais. Ce n'est pas la cigogne qui les a apportées. Alors, sache que j'ai eu des rapports sexuels.

— Je ne veux vraiment pas y penser.

— Et ça concerne tous les hommes avec qui j'ai couché ? Pas seulement mon mari ?

Je me figeai et ses yeux s'écarquillèrent.

— Je voulais dire avant de le rencontrer. Pas depuis. Je ne le trompe pas. Je le jure. C'est un malentendu. C'était pour plaisanter au sujet de toi et Devin qui sortez ensemble, et tout d'un coup c'est devenu bizarre.

Je la fixai en clignant des yeux.

— Tu voulais que je t'imagine en train de coucher avec le gars avec qui je couche en ce moment, et tu t'étonnes que ça devienne bizarre ?

— D'accord, je suis nulle pour ce genre de choses. Je ne trompe pas mon mari, Nicholas est un con, et moi je ne le suis pas, dit-elle avant de marquer une pause. Bon d'accord, alors je suis une connasse. Mais je suis ton adorable connasse.

Je la fixai un instant avant de rejeter la tête en arrière et d'éclater de rire.

— Mon adorable connasse ?

— Quoi ? C'est vrai, non ?

Elle et aucune autre

— Pas vraiment. Et je ne veux pas savoir si toi et Devin avez déjà couché ensemble.
— On ne l'a pas fait si ça peut te rassurer. Même s'il est doué de ses mains.
Elle me fit un clin d'œil et j'imitai un haut-le-cœur.
— Ça suffit maintenant. Si tu continues, je vais garder cette robe pour quand ton aînée sera assez grande pour la porter. Elle pourra la mettre à son bal de promo.
— Hé, tu es censée être la tante cool. Pas celle qui exerce une mauvaise influence.
— Je peux être les deux.
— Comme si tu avais la moindre once de méchanceté en toi. Tu étais la douce et gentille. C'était moi la rebelle.
— Oui peut-être. Mais pour ce que ça m'a réussi. J'étais celle qui avait une relation agréable et heureuse depuis mes dix ans, et regarde où j'en suis.
— Une femme d'affaires prospère qui a plein d'amis et une vie stable ? Je ne vois pas de quoi tu te plains.
Elle sortit une autre robe, celle-ci avec des paillettes, puis secoua la tête et la jeta dans la pile de dons. De temps en temps, nous fouillions ensemble nos placards pour voir ce que nous pouvions donner, vendre ou échanger. Nous n'avions pas beaucoup d'argent durant notre enfance, donc pouvoir se procurer des vêtements était très important pour nous. On se souvenait encore de l'époque où on fouillait dans les cartons de dons des friperies pour trouver des vêtements qu'on pourrait porter à l'école. Nous faisions donc en sorte de donner le plus possible aujourd'hui. Nous n'étions plus les mêmes personnes qu'à l'époque : j'avais un travail stable dans lequel je mettais littéralement mon sang, ma sueur et mes larmes. Jennifer était

155

mère au foyer pour l'instant, mais il suffisait de connaître une mère ou d'être mère soi-même pour savoir que ce statut ne se résumait pas qu'au *foyer*. Jennifer n'avait pas une minute à elle avec ses filles, mais une fois qu'elles seraient plus grandes, elle comptait retourner sur le marché de l'emploi. Ça dépendrait d'elle et de son mari, mais je la soutiendrai quoi qu'elle fasse.

— Tu n'as pas couché avec lui ? lâchai-je sans me rendre compte que la question avait tourné dans mon esprit tout ce temps.

— Non. Mais toi oui. J'ai remarqué que tu marchais les jambes arquées.

— Tu es une garce, dis-je en lui lançant un coussin.

— Eh oui. Mais il te rend clairement heureuse. Et ça me rend heureuse, parce que tu en as besoin. Et je ne parle pas seulement de queue. Même si tu en avais besoin. Maintenant tu as une queue et tu as tout le bonheur.

— Tu as beaucoup de chance que tes petites filles soient sorties avec leur père. Tu n'aimerais pas qu'elles entendent leur maman parler de queue.

— Mais de bonne queue. Et laisse-moi te dire que mon mari a tout ce qu'il faut, et d'après ton air satisfait, Devin aussi.

— Tu es trop bizarre. Je n'ai pas envie de parler de ça.

— D'accord, ne me donne aucun détail. Je vois ce que c'est. Mais, sérieusement, je suis heureuse qu'il te fasse sourire.

— On est juste amis.

— Des amis qui baisent. Arrête de me raconter des salades : tu parles de lui. Il fait partie de ta vie. Vous n'êtes pas *que* des amis.

Je baissai les yeux sur mes mains et les serrai devant moi.

— Si. On a déjà défini les règles. On est dans une jolie petite boîte et on ne compte pas en sortir. Je ne suis pas prête pour une relation sérieuse.

— Et Devin ? Est-ce qu'il veut une relation sérieuse ?

Je secouai la tête avant de me figer. Non. Impossible. Il voulait simplement s'amuser pour le moment, et quand il serait prêt à passer à autre chose, nous nous quitterions. Et personne ne serait blessé.

— Tout va bien, Jenn.

— Je sais que tu dis ça, mais je m'inquiète pour toi. Si vous continuez à vous dire que vous n'êtes que des sex friends ou quel que soit le nom que vous vous donnez, les choses vont finir par imploser et vous allez vous faire du mal.

— Non, je vais me faire du mal si je ne fixe pas de limites. Je vais bien. Je m'amuse et lui aussi. Ça fait du bien de se lâcher de temps en temps.

— Et pourtant tu le laisses t'aider avec ton travail ?

Je secouai la tête.

— Peut-être. Mais c'est parce que nous sommes d'abord amis.

Elle étudia mon visage. J'ignorais ce qu'elle y vit, mais elle se détourna et retourna fouiller son placard.

— D'accord. Je t'aime et je te fais confiance. C'est juste que je ne veux pas que tu souffres.

Je soupirai et me levai pour passer mes bras autour d'elle par derrière et presser ma tête contre son dos.

— Je ne veux pas souffrir non plus. C'est pour ça que je suis prudente.

— Tu as beau être aussi prudente que tu veux, parfois tu ne peux pas l'empêcher. Tu sais comment on a grandi.

Et c'était la transition parfaite pour la raison de ma

venue. Je priai pour qu'elle ne me haïsse pas après ça, mais comme on était déjà en désaccord au sujet de Devin, ça finirait probablement mal.

— J'ai quelque chose à te dire, dis-je avant de grimacer en la voyant se raidir.

— Ce changement de sujet n'augure rien de bon.

Elle s'éloigna de moi et croisa les bras sur sa poitrine. Ses cheveux étaient attachés au-dessus de sa tête, et elle n'était pas maquillée. Je savais qu'elle prenait soin de sa peau et qu'elle avait une large gamme de produits de beauté que j'essayais de lui piquer de temps en temps. Elle était magnifique, heureuse et vivait sa meilleure vie.

Je ne voulais vraiment pas gâcher ça.

Mais il me manquait quelque chose, et j'avais besoin de le trouver. J'espérais juste ne pas nous briser toutes les deux au final.

— J'ai embauché quelqu'un.

— Étant donné qu'on parlait justement de toi et de la queue de Devin, je suppose que tu n'as pas embauché un gigolo.

— Non, dis-je en souriant. Mais j'ai engagé quelqu'un pour retrouver papa.

Ses yeux s'écarquillèrent, puis elle secoua la tête, la mâchoire serrée.

Notre père nous avait quittées quand nous étions jeunes, et notre mère avait dû occuper tant d'emplois pour remplir le frigo, qu'elle avait fini par se perdre en chemin. Je me souviens avoir eu faim, et je me souviens avoir souri et ri comme si c'était Noël parce que nous avions une boîte entière de thon pour le dîner.

Je me souviens avoir vécu dans notre voiture pendant un

Elle et aucune autre

semestre quand j'étais à l'école, et des regards que les autres parents nous lançaient. Des regards de pitié et de mépris, comme si c'était la faute de ma mère si elle n'avait pas fait d'études. Mais c'était notre père qui subvenait à nos besoins avant de quitter la ville avec toutes nos économies.

Il avait même emporté la carte d'identité de maman et nos certificats de naissance.

Ça avait coûté de l'argent de récupérer ces choses. De l'argent que nous n'avions pas. Nous touchions des subventions et des aides de l'État, mais ça ne suffisait pas. Malgré tout nous avions un toit au-dessus de nos têtes— celui d'une voiture pendant un semestre, certes, mais à part ça, nous avions toujours de l'eau courante et un endroit où dormir.

Nous étions en sécurité, du moins autant qu'il était possible de l'être.

Et nous savions que notre mère nous aimait.

Mais elle était toujours si distante que Jennifer et moi avions fini par nous rapprocher au fil des ans, malgré notre différence d'âge.

Et ensuite, dès qu'elle a pu le faire, notre mère nous a quittées. Je n'étais même pas encore assez vieille pour être qualifiée d'adulte quand elle est partie. C'est Jennifer qui s'est occupée de moi quand maman s'est réfugiée dans une communauté, là où elle pouvait être libre et devenir la femme qu'elle voulait.

J'ignorais que ce genre de femme était en elle tout ce temps : capable de nous quitter juste pour pouvoir se retrouver et être celle qu'elle avait besoin d'être.

En tant qu'adulte, je comprenais le besoin d'avoir du temps pour *soi*, et je savais qu'il fallait être capable de trouver des moments pour souffler et découvrir qui on était.

Mais nous étions ses enfants. Sa responsabilité. Pourtant elle était partie à l'instant où elle avait pu se décharger de cette responsabilité sur quelqu'un d'autre. Tout comme papa avant.

Mais au moins, je savais où elle se trouvait, contrairement à mon père, et j'avais besoin de le savoir. J'avais juste besoin de savoir.

— Tu as embauché quelqu'un, répéta Jennifer d'une voix plate.

— J'ai besoin de savoir où il est, Jenn. J'ai besoin de savoir ce qui s'est passé. Pourquoi il n'est jamais revenu.

— Parce que c'est un mauvais père. C'est pour ça qu'il n'est pas revenu.

— Peut-être. Mais j'ai besoin de savoir.

Je n'arrêtais pas de le répéter et Jennifer n'arrêtait pas de réfuter.

— Tant mieux pour toi. Pour moi c'est fini. Il nous a quittées, Erin. Il nous a laissées avec notre folle de mère.

— Maman n'est pas folle, dis-je en essayant de rationaliser comme toujours.

Oui, elle était irresponsable à présent, mais elle avait été responsable durant notre enfance. Elle nous avait nourries et habillées. Ce n'était quand même pas rien.

— Tu sais, peut-être que maman n'est pas folle, mais elle vit dans une communauté avec des gens qu'on ne connaît pas, parce qu'elle en a eu assez de se battre après nous avoir élevés.

Jennifer secoua la tête et alla plier une pile de vêtements. J'essayai de l'aider, mais elle éloigna sa main et me repoussa.

— J'ai ma propre famille, conclut-elle. J'ai ma vie. Je n'ai pas besoin de papa.

Je baissai les yeux sur mes mains, puis sur elle, me demandant pourquoi ce que j'avais ne me suffisait pas. Pourquoi ça n'avait jamais suffi.

— Mais moi je n'ai pas ça. Je suppose que j'ai juste besoin de savoir. Laisse-moi ça.

J'ignorais pourquoi, mais j'avais besoin de son approbation. Pourquoi avais-je cru qu'elle voudrait peut-être venir avec moi ?

Mais elle refusait. Elle ne voulait rien avoir à faire avec lui. Et je me détestais d'avoir ce besoin d'en savoir plus... de le connaître.

— Et quand tu souffriras, tu sais ce que tu pourras faire ? me dit ma sœur.

Je reculai d'un pas et sentis la douleur irradier dans mon cœur et le long de mes bras. Je ne voulais pas qu'elle me déteste. Je ne voulais pas qu'elle me repousse comme tous les autres avant elle.

Parce que c'était ce que tout le monde faisait.

Tout comme Devin finirait par le faire.

— Quoi ? Qu'est-ce que je devrais faire ? demandai-je d'une voix creuse.

— Merde, marmonna Jennifer. Je ne vais pas te dire que je ne serai pas là, parce que je le serai toujours. Je suis ta grande sœur, putain. Mais je ne peux pas le voir. Je ne peux pas lui parler. J'espère que tu comprends.

— Oui. C'est ma décision.

— D'accord. Alors fais attention à ne pas y laisser des plumes, parce que tu ne mérites pas ça. Aucune de nous ne le mérite.

Elle ouvrit alors les bras, et je me blottis contre elle. Nos vies n'avaient pas été parfaites, loin de là, mais nous avions toujours été là l'une pour l'autre.

Elle était la seule personne sur qui je pouvais compter, quoi qu'il arrive. C'était une leçon que j'avais apprise jeune et que je n'oubliais pas. J'avais essayé de m'appuyer sur Nicholas, et de faire fonctionner mon mariage. Mais j'avais échoué.

Je ne comptais pas réitérer l'expérience.

Chapitre Douze

Devin

EN VOYANT ERIN MONTER DANS MON PICK-UP, JE ME suis souvenu d'une chanson de Tim McGraw de l'époque où j'étais au lycée. C'était comme si on était au Texas, avec des cow-boys, des ranchs et des chevaux tout autour. J'aurais juré pouvoir entendre sa voix nasillarde, et même si ce n'était pas le week-end de la fête du Travail et que je n'avais pas dix-sept ans, je visualisais cette chanson alors qu'elle s'approchait dans sa minijupe. Je portais bien un T-shirt blanc, qui selon elle, était assez moulant pour mettre en valeur les muscles de mes bras et les tatouages dépassant de mes manches.

Mais cette maudite minijupe allait me tuer.

Elle avait le corps bronzé et portait un rouge à lèvres pour aller avec sa minijupe en jean et son débardeur rouge.

D'ici la fin de la journée, j'aurais sûrement chanté d'autres chansons country, car on était en route pour un festival de musique country en plein air à Red Rocks. Mais, sérieusement, Erin dans cette jupe allait me tuer.

— Devin, si tu continues à me regarder comme ça, tu vas devoir t'arrêter pour qu'on s'envoie en l'air avant d'aller au festival, dit-elle en tirant sur sa jupe.

Je gémis et agrippai le volant un peu plus fort.

— Sérieusement, il faut que tu arrêtes de parler comme ça.

— C'est toi qui as commencé.

— C'est toi qui portes cette jupe.

— Tu es sérieux ? dit-elle.

— Tu sais que je ne voulais pas dire ça comme ça, dis-je en grimaçant.

— Oh, je sais. Et je porte cette jupe pour te faire bander, et parce que je suis toute chaude.

— Oui, tu es carrément chaude.

— Je voulais dire qu'il fait chaud. On va être à l'air libre et je me suis mis une quantité ridicule de crème solaire.

— Eh bien, fais-moi savoir quand tu voudras que je t'en mette plus.

— Tu es lubrique.

— Mais je suis ton lubrique.

Elle me jeta un drôle de regard, puis secoua la tête.

— Quoi ?

— Ma sœur a dit quelque chose de similaire, mais qu'elle était ma connasse.

J'étais toujours en train de rire quand je tournai dans le parking.

— Est-ce que j'ai envie de savoir ? lui demandai-je.

Elle et aucune autre

— Non. C'était il y a quelques jours, et ce n'était pas si important.

D'après son ton, j'avais au contraire le sentiment que c'était très important, mais je décidai de ne pas la presser. Elle ne semblait pas vouloir en parler, et nous étions sur le point de retrouver le reste de ma famille et nos amis. Ce n'était pas le bon moment pour ça.

— En tout cas, je suis là si tu as besoin de moi.

— Je sais.

Elle étudia mon visage, et la chaleur entre nous se calma un peu. Je voulais savoir ce qu'elle regardait, ce qu'elle pensait. Mais, encore une fois, ce n'était pas le bon moment.

— Je ne sais pas comment on a fait pour tous se libérer, dit-elle en détachant sa ceinture de sécurité.

Je descendis rapidement du véhicule et fis le tour pour l'aider. Elle glissa à nouveau le long de mon corps, et je retins un gémissement.

— Il faut vraiment qu'on te trouve un tabouret ou quelque chose de ce genre.

— Tu sais, une fois j'étais dans une épicerie et un gros pick-up— je crois même que c'était un Dually— s'est arrêté devant l'entrée. Le côté passager s'est ouvert et un tabouret est descendu au bout d'une corde.

— Un tabouret sur une corde ?

— Oui. Et puis la femme a utilisé la corde pour positionner le tabouret exactement où elle voulait, elle est descendue et a remis le tabouret en place.

— Tu n'as pas besoin d'une fichue corde. Si je devais te laisser utiliser un tabouret, je sortirais mon cul de la voiture, je ferais le tour, je poserais le tabouret et t'aiderais à descendre.

— Ah, mais et si l'homme ne pouvait pas ?
— Ça, c'est autre chose. Mais je ne te laisserai pas attacher un tabouret à une corde.

C'était une conversation ridicule, mais ça la faisait sourire, et moi aussi.

— Et pour répondre à ta question, c'est mon jour de congé, et tu dois être capable de prendre du temps pour toi. Les autres se sont débrouillés aussi. C'est mon ami Tucker qui nous a procuré les billets et on s'est tous arrangés pour venir. Seuls Dimitri et Thea ne seront pas là parce qu'ils ont quelque chose de prévu avec la famille de Thea.

— Les infâmes Montgomery.

— Infâme est un bon mot pour eux.

— Maintenant je suis un peu inquiète à l'idée de les rencontrer.

— Oh, tu en as probablement déjà rencontré un ou quatre. Ce sont des Montgomery après tout. Ils sont partout.

Elle se mit à rire tout en passant son sac à main en bandoulière, et j'essayai de ne pas fixer la façon dont la lanière écartait légèrement ses seins. Il fallait vraiment que je me calme. On allait passer une longue journée auprès de la famille et de plein d'autres gens, et ce n'était pas le moment de bander.

— D'accord, alors qui sera là ? demanda-t-elle en glissant sa main dans la mienne.

— Eh bien, Caleb.

— Vraiment ?

— Oui. Disons qu'il nous honore de sa présence.

— Tu as dit qu'il avait loupé plusieurs dîners de famille récemment.

— Pas les deux derniers. Mais c'était surtout pour le travail. On ne le laisse pas bouder longtemps.
— Tu sais pourquoi il boude ?
— Non. Mais on va trouver. Dimitri et moi sommes la première vague, et si on ne trouve pas, c'est Amelia qui s'y colle.
— Ahhh, c'est plutôt sympa que vous la gardiez pour la fin.
— Sympa ? C'est la plus dangereuse. On la garde pour la fin parce qu'on ne veut pas l'avoir sur le dos.
— C'est si gentil pour ta petite sœur.
— Tu dis gentille, mais elle est diabolique. Mais elle sera là, ainsi que Tobey.
— Est-ce qu'ils sortent ensemble ? demanda-t-elle alors que nous remettions nos billets.

Ils prirent son sac pour le fouiller, puis on passa à travers les détecteurs de métaux.

— Pas que je sache. Mais elle ne me le dira pas de toute façon. Ils sont tout mignons et toujours collés l'un à l'autre. Je ne sais pas vraiment et je ne *veux* pas savoir. S'il lui fait du mal, je le castrerai. C'est tout ce que j'ai besoin de savoir.

Un type qui marchait près de nous grimaça avant de me faire un petit signe de la tête.

Soit cet homme avait des sœurs plus jeunes et comprenait, soit il avait des filles. Quoi qu'il en soit, il était d'accord avec moi.

— Je ne pense pas que tu auras besoin de le castrer. Amelia saura gérer ça toute seule, dit-elle en souriant.
— C'est vrai. Ah au fait, Zoey sera là aussi. Et Tucker, bien sûr.

— Pourquoi est-ce que je n'ai pas encore rencontré Tucker ? Je pensais que c'était un de tes meilleurs amis.

— Il l'est. C'est juste qu'il travaille beaucoup. Il est radiologue, non ?

— C'est à moi que tu poses la question ? demanda-t-elle en riant.

— Non, mais j'oublie toujours comment ça s'appelle. Tout ce que je sais, c'est qu'il est foutrement brillant et qu'il travaille plus que nous. Quant à Zoey, elle vient parce qu'elle est amie avec nous et que c'est agréable de la voir.

— C'est vrai que c'est agréable de la voir. C'est une bonne amie.

— Ça sera donc notre groupe. Je suis content que tu sois là.

— Oh, c'est gentil.

Elle se leva sur la pointe des pieds et posa ses lèvres douces contre les miennes. Quand sa bouche s'ouvrit, j'approfondis le baiser avec un gémissement, et soudain quelqu'un s'éclaircit la gorge.

— Sérieux ? demanda Caleb avec un grognement. Vous êtes là depuis deux secondes, et vous vous bécotez déjà ? C'est ce genre de journée qu'on va vivre ?

— Oh, sois gentil. Ils sont adorables, amoureux et heureux, dit Amelia en se penchant vers Tobey.

Je haussai un sourcil en croisant son regard et elle grimaça en rougissant. Nous n'allions pas discuter du mot avec un grand *A*. Certainement pas. Après tout, Erin ne voulait pas en entendre parler, n'est-ce pas ?

— Eh bien, pour ma part, je suis content que tu sois là, dit Tucker.

Mon meilleur ami se pencha et prit la main d'Erin pour

la porter à ses lèvres. Il eut beaucoup de chance que je ne lui mette pas un coup de pied dans les couilles.

— Ah, plus belle que dans mes souvenirs.

— Tes souvenirs ? demanda Erin, confuse.

— Eh bien, Devin parle tellement de toi que j'avais une image très claire dans ma tête. En plus, il y avait une photo.

Elle tourna la tête vers moi avec une telle vitesse que je levai les deux mains.

— De ton visage. On n'a aucune photo de *ce* genre. Putain, Tucker. Tu veux me faire tuer ?

— Et tu n'aurais pas montré des photos nues d'Erin, dit Caleb, l'air tout à fait sérieux. En tout cas, pas sans me les montrer d'abord.

— D'accord, maintenant je vais devoir te botter le cul aussi, dit Erin d'une voix toute douce.

Ce fut au tour de Caleb de lever les deux mains.

— Je crois qu'elle en serait capable, me dit-il.

— Complètement, acquiesçai-je.

— « *Elle* » est juste là. Donc, tu dois être Tucker. Ravie de te rencontrer, même si c'était une introduction très étrange.

Tucker se contenta d'afficher son fameux sourire breveté qui faisait tomber les femmes à genoux et mouiller leurs culottes. Et quelques hommes aussi d'ailleurs.

Je ne savais toujours pas pourquoi je l'avais laissé s'approcher d'Erin.

— C'est formidable de te rencontrer. C'est agréable de voir la fille qui met mon pote dans tous ses états.

— La ferme, le prévins-je.

— Je ne pense pas pouvoir faire ça, dit Erin en me regardant avec une grâce désinvolte.

Il n'y avait rien de désinvolte au sujet de mes sentiments pour Erin. Mais c'était mon problème, pas le sien.

— Alors, qui joue aujourd'hui ? demanda Zoey en s'approchant de Caleb.

Je les regardai et retins une grimace. Caleb, honnêtement, ne la voyait même pas. Disons qu'il remarquait sa présence, mais pas Zoey elle-même.

Je me souvenais vaguement de Zoey amoureuse de lui quand nous étions au lycée. Mais c'était il y a des années. Apparemment, le coup de cœur n'était pas terminé, et Caleb était toujours aussi aveugle. Il m'énervait déjà à mort de ne pas remarquer la merveilleuse femme à côté de lui, même si, franchement, j'ignorais si je voulais que Zoey sorte avec mon frère.

— Alors, qui joue aujourd'hui ? demanda Tobey, faisant écho à la question de Zoey alors qu'il rangeait son téléphone. Je n'ai pas eu le temps de regarder le programme, mais Amelia voulait venir, alors je suis là.

Il sourit à ma sœur et lui embrassa l'arête du nez. Elle rougit et je croisai le regard de Caleb, puis celui d'Erin, celui de Zoey, et enfin celui de Tucker.

On secoua tous la tête.

Est-ce qu'ils sortaient ensemble ?... Peut-être.

Mais si je posais la question, Amelia me donnerait probablement un coup de pied, et je ne tenais pas à avoir de nouvelles ecchymoses.

— Ça va commencer par quelques groupes locaux, ensuite ce sera au tour de plus connus. Ça dure toute la journée, alors vous voulez qu'on aille se prendre des bières et peut-être à manger ? demanda Amelia le nez sur son téléphone, mais toujours penchée vers Tobey.

— Je veux bien une bière, déclara Caleb.

— Une bière, ça serait merveilleux, dit Erin en passant son bras autour de ma taille. J'aurais dû demander à Jenn et à son mari de venir. Ils ne peuvent jamais faire ce genre de choses.

— Des enfants ? demanda Tucker en la fixant avec une intensité qui m'inquiéta.

Mais ce n'était que Tucker. Il était du genre intense.

— Oui. Trois petites filles.

— Je pourrais peut-être avoir trois autres billets.

— Non, ça va aller. Ils ont des projets en famille. Mais peut-être la prochaine fois qu'on fera un truc de ce genre.

— Je pense que ça plairait à Jenn.

Tucker fit claquer ses doigts.

— Jenn, ton ex ? demanda-t-il en haussant les sourcils ce qui lui valut un doigt de ma part.

— Hé, je n'ai pas de problème avec ça, et tu ferais bien de faire de même, dit Erin.

Elle l'avait dit gentiment, mais je sentis une légère agressivité, et ça me plut.

— Ah, mais je ne veux pas me retrouver au milieu de tout ça.

Zoey s'éloigna de Caleb et passa son bras autour de la taille de Tucker, qui la serra contre lui en déposant un baiser sur sa tête.

— Tu aimes être au milieu de tout, Tucker, dit Zoey en riant.

— Elle me connaît. Ça fait mal, mais elle me connaît, dit-il en posant une main sur son cœur. Bon, je connais déjà nos places. Je les ai réservées : sièges VIP et tout.

— Comment tu as fait ? demandai-je, méfiant.

— C'est payant de connaître les gens.

— C'est surtout de coucher avec les gens qui est payant, marmonna Caleb en esquivant le poing de Tucker.

— Je n'ai couché avec personne. J'ai juste usé de mon charme et de mon sourire. Aucun sexe n'a été nécessaire.

— Il est si doué, déclara Zoey, ce qui fit ricaner les filles.

Je croisai le regard de Caleb, puis celui de Tobey, et secouai simplement la tête. Je ne voulais vraiment pas avoir ce genre de conversation devant ma petite sœur. Traitez-moi de vieux jeu.

On s'installa à nos places, chacun avec quelques bières, beaucoup d'eau, et je pus toucher le dos et le cou d'Erin quand je lui remis de la crème solaire.

La musique était bonne, la compagnie géniale et ce fut une super journée.

C'était agréable de passer du bon temps et de m'amuser. Je travaillais dur, mais j'aimais mon travail. Comme j'étais à l'extérieur la majeure partie de la journée, j'avais déjà un bon bronzage, même sur mes tatouages, ce qui n'était pas l'idéal. Mais je ne pouvais pas faire autrement dans mon métier.

Je me badigeonnai aussi de crème solaire et vérifiai que tout le monde en fasse autant. Peut-être que Dimitri avait raison, et que j'étais une mère poule.

Ça ne me dérangeait pas.

Il fallait bien que quelqu'un le soit.

Quand nous fûmes prêts à partir, j'étais légèrement fatigué et probablement en surchauffe, mais détendu.

Ça avait été une bonne journée, et être avec Erin comme ça me donnait l'impression qu'il pourrait y avoir plus entre nous.

Je fonçais probablement droit vers l'échec, mais je m'en

fichais. Je l'aimais bien et j'aimais être avec elle. L'idée d'être sa relation pansement ne me plaisait pas, mais peut-être que quelque chose de bien pourrait en sortir.

Toutes les relations pansements n'étaient pas vouées à l'échec. Parfois, ça marchait.

On se dit au revoir, et je l'aidai à monter dans le pick-up en laissant mes mains glisser très légèrement sous sa jupe.

Elle haussa les sourcils et je souris.

— Tu veux que j'aille me garer quelque part ? demandai-je d'une voix basse et grondante.

— Oui, sinon je ne vais pas pouvoir m'empêcher de te faire une pipe pendant que tu conduis, et on pourrait avoir un accident. Je n'aimerais pas abîmer ton pick-up.

Je pense ne jamais avoir fait le tour de ma voiture aussi vite que ce jour-là, et on prit rapidement le chemin de la carrière où nous étions allés l'autre fois, sachant qu'il n'y aurait personne. Je ne l'aurais pas fait à un autre moment, mais là on pouvait dire que j'étais aux abois.

La main sur sa cuisse, je la caressais lentement de haut en bas en me rapprochant de plus en plus de sa jupe. Lorsque mon petit doigt toucha l'ourlet du vêtement, elle inspira fortement et je fis de mon mieux pour garder les yeux sur la route. Je serrai le volant puis glissai lentement ma main plus haut, et passai mon doigt sur sa peau douce.

Je déglutis avec effort en négociant un virage sans doute trop vite, mais sans prendre de risque : je ne l'aurais pas mise en danger. Mais putain, j'avais besoin de la sentir autour de moi.

Je passai mes doigts sur son intimité et sa culotte en dentelle trempée.

— Mon Dieu.

— On y est presque ? demanda-t-elle, haletante.

— Il y a intérêt, parce qu'en ce qui me concerne, j'y suis presque.

Elle gloussa puis haleta alors que je caressais son clitoris à travers sa culotte, s'arquant et ondulant ses hanches à mon contact. Je fis de mon mieux pour ne pas nous tuer en me garant. Puis nos ceintures de sécurité disparurent et je lui arrachai sa culotte.

Ses lèvres furent aussitôt sur les miennes, ma bouche écrasant la sienne et nos langues s'emmêlant. Je ne pouvais plus respirer, je ne pouvais pas me concentrer. J'avais juste besoin d'être en elle.

Je fouillai ma poche, en sortis un préservatif, puis m'activai sur mon jean. Elle termina de retirer sa culotte, et quand je reculai mon siège et tapotai mes genoux, elle sourit.

— On va y arriver cette fois.

— Mais merde, « that miniskirt », chantonnai-je.

— J'ai chanté cette chanson de Tim McGraw dans ma tête toute la journée, dit-elle en enjambant doucement la console centrale.

— Oui moi aussi. Tu sais, il y a un morceau où il dit qu'il a dû se démener si dur pour ce premier baiser. Qu'en penses-tu, tu vas m'obliger à me démener ?

— Du moment que tu es dur.

— Oh merde, dis-je en me mettant à rire.

— Je sais. C'était nul. Mais je ne peux vraiment plus attendre.

J'enfilai le préservatif, agrippai ses hanches et la fis glisser lentement sur mon sexe tandis que nous haletions.

Son intimité chaude enserra ma queue avec force. Je tirai sur son débardeur et son soutien-gorge, jusqu'à ce que ses seins en sortent, puis je me penchai pour les sucer. Je mordis et léchai ses mamelons jusqu'à ce qu'ils soient aussi durs et rouges que des cerises.

— Tu es tellement belle, dis-je en lui caressant les bras.

Je déplaçai légèrement mes hanches afin d'entamer un va-et-vient. Elle ondula au-dessus de moi et sa bouche s'entrouvrit alors qu'elle croisait mon regard.

Sa jupe était retroussée sur ses hanches, son haut baissé juste au-dessus, et son soutien-gorge de travers alors que ses seins rebondissaient tandis qu'elle me chevauchait.

J'étais toujours habillé, le pantalon juste assez baissé pour pouvoir la pénétrer.

Je n'avais encore jamais fait l'amour dans ce pick-up. La seule autre fois où j'en avais été proche, c'était quand on s'y était caressés. C'était probablement la chose la plus excitante que j'aie jamais faite.

Elle posa une main sur le haut de l'habitacle, l'autre sur le dossier de mon siège, et j'agrippai ses hanches d'une main pendant que j'utilisais l'autre pour caresser sa poitrine. Elle montait et descendait sur moi avec fougue tandis que je poussais en elle. Quand avec ma main je passai de ses seins à son clitoris, elle jouit aussitôt, pressant mon sexe avec une telle force que je faillis jouir immédiatement.

Je continuai sans m'arrêter, la martelant avec une ardeur accrue en prenant appui sur le plancher de la voiture avec mes pieds. Elle aussi continua, le corps rouge, jusqu'à ce que je jouisse avec force. Elle eut alors un autre orgasme, nos bouches collées et nos yeux fermés, nous contentant de ressentir.

Je ne pouvais plus respirer, je ne pouvais rien faire d'autre que vouloir être avec elle.

Elle était mienne en ce moment, et si je m'autorisais à y réfléchir sérieusement, elle pourrait être mienne pour toujours.

Alors que les effets l'orgasme s'apaisaient et que nos respirations commençaient à ralentir, je remarquai que les vitres du pick-up étaient couvertes de buée. Mais on s'en fichait.

Il fallait se contenter de ça pour le moment, et m'en accommoder.

Mais ensuite elle me regarda et je vis quelque chose dans son expression. Une émotion que je ne pus reconnaître, même si j'aurais bien voulu.

Peut-être que ça *pourrait* devenir plus.

Je l'espérais vraiment.

Chapitre Treize

Erin

Visiblement, j'étais très douée pour prendre des décisions irréfléchies. Du moins, ces derniers temps.

Non, ce n'était pas vrai. Mais je m'étais dit, quand Nicholas et moi nous étions séparés, que j'allais apprendre à mieux me connaître et découvrir qui j'étais. Mais pour cela, il fallait que je sache d'où je venais.

Ce qui signifiait que je devais comprendre où était parti papa.

Jenn connaissait mes projets, et même si elle ne les soutenait pas, elle me soutenait, moi. Si ça tournait mal, ce qui arriverait probablement, je savais que je pourrais aller la trouver.

Mais je ne le voulais pas. Je voulais que les choses se passent bien et que je ne sois pas stressée. Je voulais que mon père me prenne dans ses bras et me dise qu'il m'aimait. Je voulais qu'il ait une bonne excuse pour nous avoir quittées comme ça.

Comme le FBI, les extraterrestres, ou un truc de ce genre.

Du moins, c'était ce que je voulais quand j'étais petite.

Mais je n'étais plus une enfant. J'avais retiré mes œillères il y a longtemps… avant même que notre mère décide qu'elle ne voulait plus être maman et rejoigne sa communauté.

Il n'y avait plus que Jenn et moi maintenant. Nous étions une famille. Elle avait ensuite fondé la sienne, et j'avais cru fonder la mienne avec Nicholas.

Et pourtant, j'avais été abandonnée, laissée au bord de la route… Encore une fois.

C'était pour ça que j'avais besoin d'essayer de me sentir bien toute seule. Que j'avais besoin d'être en accord avec cette nouvelle version d'Erin. Mais ce n'était pas facile, car j'étais si inquiète de ce qui pourrait arriver ensuite.

Mais tout se passerait bien, j'allais y arriver.

J'allais découvrir pourquoi mon père n'avait pas voulu de moi. Pourquoi il était parti. J'allais trouver des réponses.

Le détective que j'avais engagé avait retrouvé mon père et je n'arrivais toujours pas à y croire. Je baissai les yeux sur le bout de papier dans ma main : Franck Rose.

Il vivait à moins d'une heure de là, à Fort Collins.

Il vivait toujours dans ce putain d'État.

Notre mère ne vivait même plus dans le Colorado.

Elle avait déménagé dans le Wyoming. C'était juste un État plus au nord, mais elle ne vivait pas *ici*. Mon père, celui qui nous avait abandonnées en premier, habitait plus près.

Et il n'avait jamais pensé à nous contacter.

Elle et aucune autre

J'avais imaginé à un moment qu'il était peut-être en prison ou quelque chose de ce genre. Ou peut-être qu'il avait disparu et perdu notre numéro de téléphone et oublié où il vivait autrefois.

En tout cas, ça aurait été plus simple dans mon cœur et mon esprit, que de le savoir si près, alors qu'il nous avait quittées.

Mais je devais l'accepter, sinon tout ça n'aurait servi à rien.

Mais là quand même...

J'étais assise dans ma voiture, dans une station-service, à mi-chemin entre ma maison et l'endroit où Frank Rose vivait actuellement.

Ça faisait quatre jours que je connaissais son adresse, mais je n'avais rien entrepris. Je n'avais rien dit à Jenn, ni à Devin.

Qu'est-ce que j'aurais pu leur dire ?

Devin était au courant pour ma famille, car il nous avait connues jeunes. Il savait que mon père nous avait quittées, et il savait à présent que ma mère était partie. En fait, elle était partie peu de temps après la rupture de Devin et Jenn.

Peut-être que j'aurais dû parler à Devin de ma démarche pour retrouver mon père. Mais je ne l'avais pas fait.

C'était de ma faute.

J'étais tellement perdue.

Je ne voulais pas avoir à compter sur lui de peur que ça devienne trop vite sérieux entre nous. Et si je laissais cela devenir sérieux, je commencerais à penser que j'avais des sentiments pour lui. Et je n'en voulais pas. J'avais déjà vécu ça, et ça m'avait brisée.

Je voulais juste prendre du bon temps. Pourquoi ne

pouvais-je pas m'amuser sans prise de tête ? Pourquoi devais-je toujours compliquer les choses ?

Mais j'étais là, assise dans une station-service, fixant l'adresse de l'homme qui m'avait élevée pendant quoi... une minute ?

L'homme qui nous avait quittées.

J'avais besoin de savoir pourquoi, mais je ne pouvais pas laisser cela me briser, car dans ce cas, j'ignorais quelle personne je deviendrais.

Je m'étais donné tant de mal pour découvrir qui serait cette nouvelle Erin, celle qui pourrait se passer de Nicholas. Serais-je une femme forte qui pourrait tout supporter ?

Apparemment non. J'avais dû compter sur les autres quand mon commerce avait été inondé. Je n'avais pas pu me débrouiller seule. Et oui, une petite part de moi réalisait que demander de l'aide faisait partie du processus pour apprendre à être forte et indépendante.

Mais je ne voulais pas. Je ne voulais laisser les autres entrer.

Car les gens vous faisaient du mal. Ils vous brisaient.

J'essuyai les larmes en me morigénant : voilà que je me remettais à trop réfléchir. J'allais simplement regarder la maison. Je n'allais pas l'appeler ni le retrouver. J'allais juste jeter un œil. Ensuite je rentrerai chez moi et réfléchirai à ce qu'il fallait faire.

Parce que j'avais peur, tellement peur... et je détestais ça.

— D'accord, Erin. Il est temps de prendre ton courage à deux mains et d'en finir. Tout va bien se passer.

Je me regardai dans le rétroviseur, me fis un petit signe de la tête et sortis du parking.

Le trajet fut rapide. Ce n'était pas l'heure de pointe, et la

Elle et aucune autre

I-25 roulait bien de ce côté-ci. Si j'avais dû me rendre vers le sud, je ne serais probablement pas aussi heureuse, mais cette partie du trajet fut agréable.

J'étais allée à Fort Collins un nombre incalculable de fois, mais j'ignorais que Frank Rose y vivait.

Il avait même gardé son nom.

Il n'avait pas pris une identité secrète et n'avait fait aucune des choses que mon imagination débridée s'était imaginées quand j'étais enfant.

Non, il nous avait simplement quittées. Mais peut-être qu'il avait une bonne raison. Peut-être qu'il ne voulait tout simplement pas d'enfants. Peut-être qu'il ne voulait rien de tout cela et qu'il avait voulu redémarrer une nouvelle vie.

Une vie sans nous.

Je secouai la tête et suivis le GPS vers un quartier nouvellement construit.

Mon estomac se serra alors que je regardais tout autour de moi en déglutissant. Ce n'était pas une zone urbaine du centre-ville. Rien à voir avec un refuge où aurait vécu un vieil homme malchanceux.

Non, il y avait des enfants qui jouaient au basket dans les allées, et d'autres qui faisaient de la corde à sauter et d'autres jeux dans les jardins. Les petits faisaient du vélo sous le regard attentif de leurs parents, avec casques, coudières et même des genouillères.

C'était un quartier qui chérissait ses enfants et les surveillait.

Un endroit pour les familles.

Les mains tremblantes, je tournai dans une autre rue avec des maisons identiques et des gens souriants.

— Pourquoi est-ce que tu es là, papa ?

Je ne voulais pas chuchoter les mots. Je ne voulais pas du tout les dire. Ils s'étaient simplement déversés de moi.

Ce n'était pas un endroit pour un homme qui se cachait, mais pour un homme qui vivait.

Je pris un autre virage et mon GPS m'indiqua j'étais arrivée.

Je me garai devant un terrain de jeu et coupai le moteur. Mais je n'arrivais pas à regarder vers la gauche. Je ne pouvais pas regarder dans la direction où se trouvait la maison.

Parce que si je le faisais, je serais là pour de vrai, et tout serait différent.

Ça ne pouvait pas être en train de se passer. Je ne pouvais pas être dans un quartier aussi familial. C'était peut-être une erreur. C'était peut-être un autre Frank Rose.

Bien sûr, le détective était sûr à cent pour cent que c'était là que vivait mon père.

Depuis combien de temps ?

Pas trop longtemps, puisque les maisons étaient récentes, par ici.

Mon Dieu. Qu'est-ce que ça voulait dire ?

Je finis par rassembler mon courage et regardai à gauche, le cœur dans la gorge et l'estomac douloureux.

C'était une maison parfaite à deux étages avec des volets bleus et des moulures blanches. Elle avait l'air d'avoir été lavée à haute pression récemment, parce qu'il n'y avait pas la moindre saleté dessus. Il y avait un grand porche avec une balancelle suspendue et une porte en verre avec moustiquaire afin de laisser entrer la lumière du soleil quand on ouvrait la porte en bois.

Il y avait une allée pavée et une passerelle dans la cour.

Il y avait même une palissade blanche.

Elle et aucune autre

J'ignorais qu'on fabriquait encore des palissades blanches pour les avant-cours. La plupart des maisons n'avaient que des clôtures arrière et rarement blanches. Et certainement jamais avec de vrais piquets.

Mais tout ce quartier avait des palissades blanches autour des jardins.

Mon père vivait dans une maison parfaite, avec une peinture parfaite, une cour parfaite et une petite palissade blanche parfaite.

Peut-être qu'il était juste en visite.

Ce n'était peut-être pas sa maison.

Peut-être qu'il n'avait pas quitté sa famille pour ça.

Peut-être qu'il ne *m'avait* pas quittée pour ça.

Ça devait être une erreur. Ce n'était pas là qu'il habitait. Je revérifiai l'adresse et secouai la tête. Peut-être que le détective s'était trompé.

J'avais le choix entre rester assise ici et regarder, ou aller voir.

Peut-être que j'allais jeter un œil.

Le détective n'avait rien dit d'autre. Je ne lui avais pas demandé de creuser plus profondément. Il m'avait annoncé avoir retrouvé papa et m'avait proposé d'enquêter un peu plus pour que je sache dans quoi je mettais les pieds.

Mais je n'avais pas voulu savoir. Ce n'était pas une question d'argent, seulement je ne voulais pas savoir.

Mais maintenant que j'y étais, il fallait que je franchisse l'étape suivante. Je devais comprendre.

Je passai la sangle de mon sac à main par-dessus ma tête et sortis de la voiture, les mains tremblantes. Je verrouillai les portières et regardai des deux côtés avant de traverser la rue, puis je souris à une petite fille sur son vélo qui me faisait signe. Sa main revint directement au guidon alors que sa mère courait gaiement derrière elle.

Les deux petites roues de chaque côté de la roue arrière tremblaient si légèrement. Je ne pus m'empêcher de me demander ce qui se serait passé si j'avais eu des enfants comme ma sœur.

Serais-je ce genre de maman ?

Je l'espérais.

Ma mère avait essayé, mais elle avait échoué avec nous, et nous avions échoué avec elle. Mais Jenn avait été là pour moi.

Mon père non.

Il avait été ailleurs tout ce temps. Et maintenant, il était ici.

Personne ne me remarqua. Ils avaient tous le nez dans leurs propres affaires, l'esprit tourné vers leurs soucis. Mais je savais qu'ils m'avaient vue. Je savais qu'ils avaient vu une femme blonde aux cheveux tressés, en jean et en bottes.

J'espérais avoir l'air normal— pas avec la tête d'un tueur en série ou d'une vendeuse faisant du porte-à-porte.

J'ignorais ce que je voulais qu'ils voient en moi. J'étais uniquement concentrée sur mes pas : un pas après l'autre. Et avant même que je ne m'en rende compte, j'étais arrivée. La porte était fermée lorsque mon doigt appuya sur la sonnette.

J'étais en train de le faire : j'allais rencontrer mon père. Tout allait bien. Il allait simplement m'expliquer ce qui s'était passé et tout irait bien. Je n'allais pas paniquer.

La porte s'ouvrit et un garçon d'environ quatorze ans avec des cheveux blond sable et un sourire en coin me regarda. Il était dégingandé, probablement trop grand pour son âge et les gestes un peu pataud.

Elle et aucune autre

Mais je ne faisais pas vraiment attention aux détails. Non, je regardais ses yeux.

Parce que ses yeux, leur forme, leur couleur... c'étaient *mes* yeux.

Que faisaient mes yeux sur un garçon de quatorze ans ? Ou quinze, ou seize. Un adolescent ?

Je n'arrivais plus à respirer, je ne pouvais plus rien faire. Je regardais cette personne visiblement apparentée à moi... dans la maison de Frank Rose... du moins selon le détective.

L'horreur m'envahit. Je savais exactement qui c'était : le fils de Frank Rose. Un fils qu'il avait eu avec une autre femme. Celui qu'il avait gardé alors qu'il nous avait rejetées, Jennifer et moi.

— Hé, ça va ? Vous êtes un peu pâle. Vous voulez de l'eau ?

Le garçon parlait rapidement d'une voix qui commençait tout juste à muer. C'était un adolescent... ça devait être mon frère.

Ou alors j'avais des visions. J'imaginais des choses pour leur donner un sens. Peut-être qu'il n'avait aucun lien avec moi. Peut-être que ces yeux étaient juste communs.

Mais les filles de Jenn avaient aussi ces yeux. Et mon père aussi.

— À qui parles-tu, fiston ? demanda une voix profonde depuis le salon.

Je serrai mes mains tremblantes contre moi.

— C'est Jessie la voisine ? demanda Frank Rose en s'avançant.

Il posa sa large main sur l'épaule de son fils et la serra, puis leva la tête. Ses yeux s'écarquillèrent très légèrement, et je me demandai ce qu'il voyait ?

Voyait-il la petite fille qu'il avait abandonnée ?

J'en doutais. Il ne savait pas à quoi je ressemblais, et il ne devait plus se souvenir de la petite fille qu'il avait abandonnée il y a si longtemps. Celle qu'il avait brisée, celle qui avait appris à compter sur lui pour ensuite apprendre à ne dépendre de personne. Parce qu'ils étaient tous partis. Tout le monde vous abandonnait au final.

Je ressemblais pourtant à ma mère. À part mes yeux et peut-être quelques traits de mon visage, je ressemblais exactement à ma mère. Était-ce ce qu'il voyait à ce moment-là ? Je l'ignorais, mais il me fixait, cet homme en version plus âgée de celle sur les photos. Le père dont je me souvenais à peine. Pourtant il savait qui j'étais.

— Hé, Cony. Tu devrais aller voir si ta mère n'a pas besoin de toi, d'accord ? Je vais m'occuper de ça.

— Ça va, papa ? Elle a l'air d'avoir besoin d'un peu d'eau. On dirait qu'elle a vu un fantôme. Tu crois qu'on a des fantômes ? demanda l'enfant en se tournant vers son père et l'air de n'avoir jamais connu le moindre malheur dans sa vie.

Comme s'il ne doutait pas de l'amour de son père, et qu'il n'avait jamais manqué de rien.

Pourquoi ce gamin avait ça alors que moi non ?

Pourquoi ça faisait si mal ?

— Ne t'en fais pas. Je vais m'en occuper. Va aider ta mère.

— Pas de problème, papa. Ravi de vous avoir rencontrée, madame.

Il me fit un signe de la main puis s'enfuit à l'intérieur où se trouvait vraisemblablement sa mère. Une mère qui était dans sa vie, la femme avec qui Frank Rose était resté.

— Jenn ? demanda Frank Rose d'une voix basse.

Et ce fut de trop.

Il me prenait pour ma sœur.

Parce qu'il avait fait le calcul et s'était dit que ça ne pouvait pas être sa femme— celle qu'il avait quittée. Non, ça devait être sa fille. Mais il s'était trompé. Je n'étais pas Jenn.

— Mauvaise fille, Frank.

Je n'en revenais pas de pouvoir parler, mais ce fut la seule chose qui sortit. Il cligna à nouveau des yeux et je me demandai s'il allait dire ou faire autre chose. Alors je me retournai et partis aussi vite que possible. Je n'allais pas courir. Je n'allais pas crier et faire un scandale et lui demander pourquoi il nous avait quittées.

Parce que je n'étais pas comme ça.

Il avait créé la famille parfaite, sa vie ultime. Ma famille – ma mère, ma sœur et moi – ne lui avions pas suffi.

C'était clair comme le jour.

Il n'avait toujours rien dit quand j'atteignis ma voiture. Je montai, posai mon sac sur le siège passager, démarrai et m'éloignai. Je me rendis au centre communautaire du quartier avant de m'arrêter, le corps tremblant.

Je n'arrivais plus à respirer. Je ne pouvais rien faire.

Il n'avait pas dit un mot. Il ne m'avait pas vraiment vue.

Ma tête me faisait mal, ainsi que mon cœur. Je savais que je devais rentrer à la maison, là où j'étais en sécurité. Je pris donc mon téléphone et appelai sans réfléchir. Parce que je savais qu'il viendrait pour moi. Du moins pour l'instant. Jusqu'à ce que tout change.

— Salut, bébé, quoi de neuf ? dit Devin d'une voix si apaisante que je ne voulais plus le laisser raccrocher.

Car que se passerait-il quand il partirait ? Qui serais-je alors ?

— J'ai besoin de toi, dis-je doucement.

Je brisais mes règles. Celles qui m'avaient protégée pendant si longtemps. Non, c'était un mensonge. Je n'avais jamais été en sécurité.

— Où es-tu ?

Je lui dis, et il m'assura qu'il allait venir, même si ça risquait de prendre une bonne heure puisque j'étais loin de chez moi.

Je m'assis donc là à regarder mes mains, en me demandant comment j'en étais arrivée là.

Comment pourrais-je compter sur quelqu'un ?

Je ne pouvais pas. Je ne pouvais dépendre de personne d'autre que de moi. Si je tombais amoureuse de cet homme, de Devin, je serais toujours inquiète : inquiète de savoir si je pourrais à nouveau me relever si ça tournait mal.

J'avais aimé une fois, puis j'avais été abandonnée par mon père.

J'avais aimé à nouveau, puis j'avais été abandonnée par Nicholas.

Je n'étais pas sûre de pouvoir recommencer avec Devin.

Je n'étais pas sûre de pouvoir rester moi-même s'il me quittait.

Je n'étais pas sûre de pouvoir rester moi-même du tout.

J'avais peur. Tellement peur de me laisser l'aimer, et qu'il ne reste plus rien de moi quand il partirait.

Parce qu'ils partaient toujours.

C'était la seule chose dont j'étais certaine.

Ils m'abandonnaient toujours.

Il fallait que je repousse Devin avant qu'il ne me blesse. C'était le seul moyen, même si ça devait me briser. Parce que

Elle et aucune autre

je ne pouvais pas lui faire de mal non plus. Je ne pouvais pas le laisser m'aimer et finir brisé.
Je tenais trop à lui pour ça.
Donc, je devais le faire en premier.
Je devrais être celle qui part.
Et je me détesterais probablement pour ça.
Tous les jours.

Chapitre Quatorze

Devin

Je m'étais réveillé ce matin en tenant Erin dans mes bras. On était tous les deux entièrement habillés, et elle était blottie contre mon torse, mon menton posé sur sa tête.

Je n'avais jamais eu aussi peur qu'en recevant son appel la nuit dernière.

Quand elle avait dit qu'elle avait besoin de moi, j'aurais voulu casser quelque chose pour elle. J'avais besoin de tout arranger. Mais je ne pouvais pas. Je ne pouvais rien faire à part la tenir contre moi. Mais elle était venue vers moi, ou du moins, elle m'avait appelé. Ça n'était pas rien : elle m'avait demandé de l'aide.

À mon arrivée, elle était assise dans sa voiture, stoïque et fixait ses mains. Elle ne pleurait pas, mais j'avais vu des traces de larmes sur ses joues.

Elle et aucune autre

Elle se contenta de me regarder, les yeux écarquillés. Quelque chose avait changé. Quelque chose était différent. Je ne savais pas exactement quoi, mais j'espérais le savoir bientôt.

Elle m'avait expliqué la raison de sa visite à Fort Collins, et j'ai cru que j'allais tout casser. J'avais envie de me précipiter chez cet abruti en vociférant et exiger une explication. Mais elle avait refusé. Elle avait été très ferme et je n'avais pas voulu lui faire de mal en agressant l'homme qui était censé être son père.

Mon père n'avait pas été le meilleur des pères, mais il ne m'avait jamais fait une chose pareille. Oui, papa buvait beaucoup. Énormément même, mais il était resté jusqu'à sa mort.

Oui, maman avait trompé papa, mais elle ne nous avait pas quittés non plus, et ce jusqu'à sa mort aussi.

Non, nos parents n'étaient pas parfaits, mais au moins ils n'avaient pas déménagé dans une nouvelle communauté dans le même putain d'État pour fonder une nouvelle famille.

Erin m'avait raconté froidement toute l'histoire, apparemment sans émotion. Comme je ne savais pas quoi faire, j'ai appelé Caleb pour qu'il récupère sa voiture, comme ce jour où elle était revenue dans ma vie dans sa robe à paillettes.

Les deux fois, elle n'avait pas voulu me montrer sa souffrance et elle s'était refermée sur elle. Et les deux fois, j'ai fait de mon mieux pour être présent.

Caleb ramena sa voiture chez moi sans poser de question, mais je savais que je pouvais compter sur lui.

Tout comme je savais que Jenn aurait été là pour Erin si

elle lui avait demandé de l'aide. Mais elle avait affirmé fermement ne pas vouloir déranger sa sœur.

Je l'avais donc tenue contre moi toute la nuit, je l'avais écoutée, mais elle n'avait pas pleuré. Elle n'avait pas fait grand-chose.

Elle avait été comme un bout de bois, mais ce n'était pas grave.

Parce qu'elle s'en sortirait. Et je serais à ses côtés.

Oui, nous étions des sex friends, ou quel que soit le terme qu'on donne à ça, mais nous étions aussi autre chose à présent. Nous devions être autre chose, vu la façon dont elle s'est appuyée sur moi.

Les choses allaient bien se passer. Oui, elle souffrait. Non, je ne pouvais rien y faire. Mais je pourrais être là pour elle.

Tout finirait bien.

Erin était au travail aujourd'hui, avec trois gâteaux de trois mariages à terminer. J'ignorais comment elle y arrivait, mais elle était débrouillarde et sacrément douée dans son travail.

Le fait de me dire que je devrais probablement me remettre au sport pour pouvoir continuer à rentrer dans mes jeans après avoir goûté à tous ses gâteaux, montrait que je voulais vraiment la garder auprès de moi.

Après tout, Dimitri avait dû faire pareil quand il s'était mis avec Thea. Apparemment, ça faisait partie de la vie d'un Carr de tomber amoureux d'une pâtissière.

Je me figeai et regardai mon téléphone. Étais-je tombé amoureux d'elle ?

Est-ce que je l'aimais vraiment ?

J'aimais être avec elle. J'appréciais de l'avoir dans ma vie et je commençais à planifier des choses avec elle. Je pensais à elle tout le temps et quand elle ne dormait pas chez moi, je restais chez elle.

J'avais le sentiment que nous avions largement dépassé le stade des sex friends et que nous étions passés à celui de relation à part entière, même si elle ne voulait pas utiliser le terme.

Mais est-ce que je l'aimais ?

Je pensais que oui.

Et ça... Oui, ça me faisait peur. Mais tout irait bien. J'irais bien, et elle aussi... Dès qu'elle aurait compris ce qu'elle ressentait pour moi.

C'était un peu effrayant. Mais je n'allais pas penser à ça. Nous allions simplement avancer lentement, et je lui montrerais petit à petit à quel point elle comptait pour moi. Et alors peut-être, juste peut-être, qu'elle me ferait confiance.

Parce que putain, j'avais vraiment besoin de cette confiance.

Et je voulais vraiment qu'elle m'aime en retour.

Mais je n'avais pas le temps de m'en soucier pour le moment. Je n'allais pas laisser passer cette chance parce que je m'inquiétais. J'espérais que non en tout cas.

Je fourrai mon téléphone dans ma poche arrière et me dirigeai vers le plateau de mon pick-up où j'avais déposé quelques bacs à fleurs qu'Amelia m'avait demandé de récupérer. Elle avait aussi un véhicule, mais comme c'était mon jour de congé, j'avais proposé de lui donner un coup de main.

Ses affaires marchaient bien, même si c'était la saison creuse pour elle. Elle allait bientôt devoir embaucher du personnel, mais pour le moment, Caleb, Tobey et moi pouvions l'aider. J'avais même demandé plusieurs fois à mon ami Tucker de nous refiler un coup de main, mais avec son travail, il avait rarement le temps. Dimitri aidait quand il le pouvait, bien sûr, mais comme il était à une heure de route, c'était plus facile pour nous, qui étions sur place.

Je ne croyais pas que Dimitri reviendrait vivre à Denver. Pas avec sa femme et la famille de celle-ci qui vivaient à Colorado Springs. Je le savais depuis un moment déjà, mais je commençais à peine à le réaliser. C'est ainsi que les choses se passeraient à partir de maintenant.

Ça ne me dérangeait pas vraiment car on n'était pas si loin après tout. Mais nous avions tous une place et un rôle au sein de notre famille, et le mien c'était apparemment d'être la mère poule.

— Hé, tu les as apportés, merci ! dit Amelia en s'approchant de mon pick-up. Et tu les as mis sur des couvertures pour ne pas abîmer ton bébé.

— Évidemment. Cette voiture vaut bien plus que tes bacs à fleurs.

— C'est vrai. Je n'arrive pas à croire que tu nous permettes de monter dedans, dit-elle en battant des cils tout en posant une main sur son cœur. J'en ai presque des vapeurs, Devin.

— Je vais te frapper, grommelai-je en me retenant de rire.

— Dans ce cas je vais devoir m'en mêler, dit Tobey en contournant Amelia. Laisse-moi t'aider, bébé.

Il tendit la main vers elle et ma petite sœur se figea en le fixant tandis qu'il soulevait les bacs.

Bébé ?

Depuis quand Tobey appelait ma précieuse petite sœur, « bébé » ? Il faudrait que j'en parle à Caleb et Dimitri.

Elle et aucune autre

Alors qu'il s'éloignait, Amelia dut deviner mes pensées en voyant l'expression de mon visage.

— La ferme.

— Hé, je n'ai rien dit.

Je sortis soigneusement les couvertures, puis les secouai avant de les plier et de les remettre dans le pick-up.

— Tu n'en as pas eu besoin.

— Tu t'imagines des choses, mentis-je en l'embrassant sur la tête.

— Manipulateur.

Je grimaçai.

— D'accord, d'accord. Pardon. Je devrais ne pas vouloir boxer les mecs qui te regardent bizarrement ou qui t'appellent bébé.

— C'est tout ce que je demande, dit-elle en hochant timidement la tête.

— Tu ne demandes pas grand-chose.

— Oh si. Ça m'arrive. Mais quoi qu'il en soit, merci de les avoir apportés. Tu viens regarder le match ce soir ?

— C'est le plan, dis-je en hochant la tête.

— Amène ta copine.

Elle s'éloigna en m'adressant un sourire que je lui rendis en secouant la tête.

— Ma copine, me chuchotai-je.

Ça me plaisait.

Il fallait que je passe voir Erin. J'avais pas mal de choses à faire aujourd'hui, mais j'aimais passer mon temps libre auprès d'elle. J'irais juste voir si elle n'avait besoin de rien. Je savais qu'elle serait probablement occupée, mais j'essaierais de l'aider. Elle n'acceptait pas facilement l'aide, mais qui sait ? Je pourrais peut-être la convaincre de me laisser faire quelque chose ?

Elle avait paru triste ce matin-là, et s'était montrée quelque peu distante. J'avais pensé que c'était à propos de son père, et je m'étais promis de trouver un moyen de l'aider.

Parce que je l'aimais.

Mon Dieu, je l'aimais et je devais faire en sorte de la garder.

Elle courait dans la cuisine à mon arrivée. Ses cheveux s'étaient échappés de son chignon tandis qu'elle s'activait à toute vitesse.

Je me rendis immédiatement à l'évier, me lavai les mains et la regardai.

— Salut. Laisse-moi t'aider.

Elle me regarda, les yeux écarquillés.

— Oh. Tu es là. Je pensais te voir plus tard. Je vais bien, Devin. Je n'ai pas besoin de ton aide.

— Ton équipe n'est pas là, dis-je en regardant autour de moi et en fronçant les sourcils. Laisse-moi te refiler un coup de main.

— Tu ne devrais pas être ici. Tu ne fais pas partie de mon personnel et tu n'es pas couvert par mon assurance.

Mes sourcils se haussèrent.

— Ça ne m'avait jamais arrêté jusque-là.

— Parce que j'étais bête, d'accord ? Je n'ai vraiment pas le temps pour ça. Tu devrais y aller. J'ai tout en main.

— Je vois ça. Mais tu n'es pas obligée de le faire toute seule.

— Tu ne comprends pas, hein ?

Je fronçai les sourcils en secouant la tête.

— Pas du tout.

— D'accord, dit-elle en relâchant son souffle. Tu sais quoi ? J'allais le faire plus tard, mais je ne peux pas.

Je me figeai.

— C'est fini. C'était amusant tant que ça a duré, mais ça ne peut pas continuer. J'ai besoin d'espace.

Elle parlait si vite que je comprenais à peine. C'était comme si ces mots ne sortaient pas réellement de sa bouche. Comme si ce n'était pas vraiment elle.

Quoi ?

J'essayai de contenir le sentiment de rage qui s'échappait de moi. Je savais que ça avait probablement quelque chose à voir avec son père et ce qui s'était passé à Fort Collins, mais j'étais furieux.

— Et après ? Tu vas me dire que ce n'est pas moi mais toi ?

— Écoute, entre nous c'était bien, mais il est temps de passer à autre chose. Nous sommes amis, non ? Contentons-nous donc de ça. J'ai besoin d'espace.

— Avec un autre homme ? grondai-je avant de me figer. Comment est-ce que ça avait pu sortir de ma bouche ?

— Je ne voulais pas dire ça. Je ne le pense pas.

Elle pâlit légèrement, mais ses sourcils se froncèrent et ses narines se s'évasèrent.

— Tu sais quoi ? Bien sûr. Ça pourrait être une raison. Mais va-t'en, Devin. Merci de ton aide. Pour tout.

Elle déglutit et son regard devint vitreux, mais elle chassa les larmes si rapidement que je faillis ne pas les voir.

— Merci pour tout, répéta-t-elle. Mais c'est devenu trop sérieux trop vite, et ce n'est pas ce que je recherche. Je ne veux pas te faire de mal. Donc, il faut que tu partes. D'accord ?

Le mixeur se mit en route sur le plan de travail derrière elle, quelque chose bipa dans le four et son téléphone se mit à sonner. J'étais incapable de faire autre chose que la fixer.

Elle me quittait et je ne savais absolument pas comment lutter.

Je ne voulais pas la forcer à m'aimer. Je ne voulais la forcer à rien du tout.

Elle ne voulait pas me faire de mal ?

— Trop tard, Erin. C'est putain de trop tard.

Ses yeux s'écarquillèrent, mais je m'en foutais. Je ne savais absolument pas comment arranger les choses. Pourtant c'était moi la personne censée tout arranger, non ? Mais je ne pouvais pas.

Elle ne voulait pas de moi. Bien. Je ne resterais pas.

Je tournai les talons et partis. Elle ne me rappela pas, ne me rattrapa pas. Elle ne chercha pas à ce que je revienne pour en parler.

Elle avait dit dès le début que ça devait rester léger.

C'est moi qui avais changé les règles.

Alors, merde.

Apparemment, c'était fini.

Pour de bon.

Merde.

Chapitre Quinze

Erin

Je savais que j'étais une idiote. Je savais que j'avais des choses à régler et que je devais me protéger... et protéger Devin.

Mais non seulement j'étais une grande idiote, mais aussi la personne la plus horrible que j'aie jamais connue.

— Tu me manques, Heath, chuchotai-je devant ma télé en mangeant ma pâte à biscuits directement dans le pot.

Ils faisaient de la pâte à biscuits comestible ces jours-ci, ce qui était parfait pour une stupide idiote comme moi qui ne savait pas comment parler de ses sentiments. Même si je ne savais pas ce que je ressentais ou pensais.

Mais la pâte à biscuits pouvait au moins m'aider... Ça, et regarder « 10 bonnes raisons de te larguer ».

À la mort de Heath Ledger, j'avais fait de mon mieux

pour ne pas regarder ses films, car ça me faisait trop mal. Ça n'avait pas été pareil avec les autres acteurs : j'avais rapidement pu revoir les films de Robin Williams ou même d'Alan Rickman. J'avais eu du mal à les regarder, mais sachant ce que la perte de Heath Ledger m'avait fait, je m'étais lancée dans le visionnage de « Raison et sentiments » ou « Die Hard », « Aladdin » et « Docteur Patch ». Bien sûr, ce n'était probablement pas la meilleure des idées, car ça m'avait fait pleurer. Mais j'avais regardé ces films. Cependant, après la mort de Heath Ledger, je n'avais pas regardé un seul de ses films. Je les avais tous sur DVD, Blu-Ray et numérique, car je ne voulais pas que mon incapacité à le regarder nuise aux ventes. Oui, mon cerveau était bizarre parfois.

Mais aujourd'hui, j'avais décidé que ce serait la journée idéale pour regarder le film où j'étais tombée amoureuse de lui. C'était au moment où Patrick chantait cette belle chanson à Kat. Quand il avait souri et dévoilé ses fossettes, j'étais tombée raide dingue de lui.

Ça me paraissait injuste qu'il soit mort si jeune.

Je pleurais donc dans ma pâte à biscuits, triste pour lui plutôt que pour ma propre vie. Et c'était très bien, parce que j'avais le droit d'être triste pour Heath. Je ne pouvais pas être triste de mes propres décisions, car c'était moi qui les avais prises.

C'était moi qui avais commis ces erreurs.

Donc, si je me sentais mal ou que j'avais envie de me jeter d'un pont parce que j'étais une idiote, c'était de ma faute et j'allais devoir vivre avec.

J'étais une idiote.

Patrick dit quelque chose à Kat sur les balançoires, et je fermai les yeux en essayant de ne pas penser à Devin.

Elle et aucune autre

J'ignorais si je voulais aller jusqu'à la fin du film, au moment où Kat lui énumère tout ce qu'elle déteste chez lui, et surtout ce qu'elle déteste chez elle-même.

Parce que c'était moi.

Je me détestais tellement.

J'avais tellement peur de souffrir que j'avais blessé la personne qui comptait le plus pour moi. Et ce n'était qu'au moment où j'avais dit ces mots insensibles et cruels que j'avais réalisé à quel point je tenais à lui.

À présent, je ne pouvais plus retirer ça. Je ne pouvais pas arranger les choses par un coup de baguette magique et le guérir.

Il ne méritait pas ça. Il méritait quelqu'un qui ne se mette pas dans un tel état à la moindre crise de panique. Il méritait le bonheur.

Et je n'étais certainement pas cela.

La scène passa à Joseph Gordon-Levitt, et je mis le film en pause, sans trop savoir si je voulais continuer. Et puis j'étais légèrement nauséeuse avec toute la pâte à biscuits que j'avais mangée.

Ça disait que c'était complètement comestible et sans œufs. Ça m'étonnerait que j'attrape la salmonelle avec ça, mais ça serait peut-être mon lot.

J'étais pâtissière, après tout. Morte à cause de produits de boulangerie et de mauvaises décisions, semblait être l'inscription parfaite pour ma pierre tombale.

Ma sonnette retentit. Je reniflai en regardant par-dessus mon épaule. Ça ne pouvait pas être Devin. Il ne viendrait pas jusqu'ici. Il ne viendrait pas me retrouver pour essayer de me raisonner, ou même simplement en discuter.

Il n'avait pas appelé, n'avait pas envoyé de SMS, et je

201

n'avais pas non plus tendu la main. Ses derniers mots pour moi étaient que je l'avais blessé. Je méritais amplement la douleur que je ressentais.

Parce que j'étais une idiote.

Je posai ma pâte à biscuits à côté de mon verre de vin, celui que je n'avais pas vraiment touché parce que je ne voulais pas me saouler à nouveau.

J'avais beaucoup bu en découvrant que Nicholas me trompait. Et d'y penser me rappelait Devin, donc je n'avais même pas pris une gorgée de vin. C'était bête de gaspiller un bon vin, mais je n'en avais vraiment pas envie.

Je n'avais plus envie de rien.

J'ouvris la porte et vis Zoey, le regard exprimant la pitié, mais aussi un peu de colère.

Je le méritais, n'est-ce pas ?

J'étais une personne horrible.

— Salut. Tu as une tête à faire peur, déclara-t-elle en passant devant moi et en entrant dans la maison.

Je refermai la porte et essuyai les miettes de mon T-shirt et de mon survêtement, mais ça n'avait pas d'importance. J'avais besoin de me vautrer dans ma misère. Parce que tout était de ma faute. Pas celle de Devin. Devin avait été incroyable. Non. C'était moi la diabolique.

Je méritais de ne ressembler à rien et de me sentir comme une merde.

Parce que j'étais nulle.

— Je sais pourquoi tu es là, mais tu ne peux pas me faire sentir plus mal que je ne le suis déjà.

— Chérie, je t'aime. Mais tu fais peur, dit-elle en me prenant la pâte à biscuits des mains.

Elle la regarda, haussa les sourcils et se dirigea vers le

réfrigérateur pour la ranger. Elle vit aussi mon verre de vin tiède et rangea la bouteille que j'avais laissée sur la table.

— Tu n'as pas à nettoyer derrière moi.

— Non, mais je le fais quand même parce que je t'aime. Et Amelia aussi aurait été là, parce que c'est une amie, mais les choses sont un peu bizarres.

— C'est ce qui se passe quand on sort avec le frère de son amie. Les choses deviennent bizarres. Tu n'as pas à rester non plus. Je sais que tu es proche de leur famille. Et toi et Caleb...

Elle m'arrêta avec un regard à couper l'acier, et je grimaçai.

— Pardon.

— C'est bon. Je suis amie avec Caleb. Rien de plus, et on le sait tous. Mais je suis ton amie. Et Devin a tous les autres, donc toi, tu m'auras, moi, dit-elle avant de grimacer. Bon, ça ne sonne pas comme je voulais le dire.

— Non, c'est tout à fait ça.

— D'accord, assieds-toi et dis-moi ce qui s'est passé. Parce que je veux savoir pourquoi tu l'as quitté.

— Que sais-tu ?

Je m'assis sur le canapé en face d'elle et regardai mes mains.

— Amelia et moi étions dans son magasin, quand Devin est entré en trombe en disant qu'il avait besoin de creuser ou de taper sur quelque chose. On ne comprenait pas ce qu'il avait, mais Amelia a demandé comment tu allais, parce qu'elle s'est dit que c'était peut-être la raison de son comportement... à part son travail et peut-être un chien. Et il a juste dit que c'était fini. Que tu l'avais quitté et qu'il allait bien, expliqua-t-elle avant de soupirer. Voilà ce qu'il a dit. Un gros mensonge soit dit en passant.

— Je suis une idiote.

— Tu n'arrêtes pas de dire ça, et tu vas probablement continuer à le répéter un bon moment. Mais à moins de faire quelque chose, tu es pire qu'une idiote. Pourtant je ne vais pas te crier dessus.

— Tu cries un peu quand même.

— Parce que je t'aime. Mais dis-moi ce qui s'est passé ?

Je regardai à nouveau mes mains, souhaitant pouvoir avoir ma pâte à biscuits. Ou pleurer. Ou faire n'importe quoi plutôt qu'assumer mes mauvaises décisions passées et présentes.

Zoey me regarda, secoua la tête, puis éteignit « 10 bonnes raisons de te larguer ». Eh bien, j'aurais eu plus de dix raisons de me larguer à ce moment-là.

Et m'apitoyer sur moi, en faisait partie.

— Je suis allée voir mon père.

Les yeux de Zoey s'arrondirent.

— Tu l'as retrouvé ?

Je hochai la tête.

— Tu ne m'as rien dit. Tu n'as rien dit à personne, Erin. Pourquoi ?

— Je l'ai dit à Jenn, mais elle n'a pas voulu venir. Elle a dit qu'elle en avait fini avec cette partie de sa vie, qu'il nous avait quittées et qu'elle ne voulait rien avoir à faire avec lui. Mais j'avais besoin de savoir... savoir pourquoi. Eh bien, c'était une erreur. J'ai eu tort, et apparemment c'est ma spécialité.

— Oh, mon Dieu, qu'est-ce qui s'est passé ?

— J'y suis allée. Il vit à Fort Collins.

Elle et aucune autre

— Tu es sérieuse ?

— Oui. Il y était, vraisemblablement avec sa femme puisqu'il a dit en passant qu'elle était à la maison. Et il a au moins un fils. Un adolescent nommé Cony. Je pense qu'il a dans les quatorze ans et il aime son père. Il était poli, gentil et il voulait savoir pourquoi la gentille dame sur le perron agissait de manière si bizarre. Et Frank Rose a posé sa main sur son épaule, l'a serrée fort et l'a appelé « *fiston* ». Il a dit que sa mère avait besoin de lui à l'intérieur. Donc, oui, mon père, mon minable de père, qui ne voulait pas de nous et qui s'est enfui, a une famille heureuse. Et une clôture blanche. Une putain de clôture blanche. Mais ça existe encore ? Je pensais que c'était une mode des années cinquante.

— Elles refont leur retour dans certains quartiers. Mais ce n'est pas la question. Oh mon Dieu, je suis tellement désolée chérie.

— Oui, je le suis aussi. Je n'aurais pas dû y aller. J'aurais dû continuer à penser qu'il est sous protection de témoins ou même en prison ou mort. Tout, sauf qu'il mène une vie parfaite loin de sa première famille. Je me sentais tellement mal que je n'ai pas pu conduire jusqu'à chez moi. Alors, j'ai appelé Devin pour qu'il vienne me chercher.

Les yeux de Zoey s'agrandirent.

— Et il est venu ? Juste comme ça ? Sans questions, sans demander d'explications ?

— Il n'a rien demandé. Il est venu directement me chercher, et il m'a tenue toute la nuit. Je n'ai pas pleuré. On a même gardé nos vêtements. Pas de sexe. C'était censé être une amitié de baise. Je n'étais pas censée compter sur lui, le vouloir ou avoir autant besoin de lui.

— Tu n'*étais* pas censée ?

205

— Je ne *suis* pas censée ? Quelle importance ? J'ai tout gâché. J'ai tout gâché parce que j'ai eu peur. Je pouvais voir toutes mes mauvaises décisions comme si je me voyais de l'extérieur, et j'avais juste envie de me secouer. Mais je ne pouvais pas, et je ne peux pas revenir en arrière. Tu ne peux pas revenir en arrière quand tu as blessé quelqu'un comme ça.

— Tu ne l'as pas trompé. Il y a d'autres façons de revenir en arrière. Il te pardonnera.

— Je ne le mérite pas. Je lui ai dit que c'était sympa mais que c'était fini. Et puis il m'a demandé de but en blanc si je le quittais pour un autre. Je savais que ça lui avait échappé parce qu'il était stressé, il s'est même excusé après avoir dit ça, mais je me suis dit que, bien sûr... pourquoi ne pas lui dire ça ? Ce serait plus facile et ça éviterait de le faire souffrir. Mais c'était idiot. Ça n'avait pas de sens. Alors il est parti après m'avoir dit que je l'avais blessé et que c'était fini. Donc, je suppose que c'est fini. Tout ça parce que je suis une imbécile.

— Chérie. Tu n'es pas une imbécile. Tu as juste pris des décisions idiotes. Mais disons que tu es un peu folle.

— Une folle, répétai-je les yeux écarquillés. Je ne suis pas une imbécile mais une folle ?

— Eh bien, je n'ai pas aimé que tu te rabaisses comme. Mais tu es vraiment folle.

— Merci. Ça m'aide beaucoup.

— Oh ferme-la. Devin est fait pour toi, et tu es faite pour lui. Je ne sais pas pourquoi tu t'es mis en tête que ça devait être du court terme et juste pour le plaisir. Devin vaut plus que ça, et toi aussi.

— J'ai déjà eu du long terme, et Nicholas a craché dessus.

Elle et aucune autre

Je n'ai plus envie d'une vie de couple ou de sortir avec quelqu'un. De toute façon je n'étais pas très douée pour ça, puisque je n'ai pas su garder Nicholas.

— Mais c'était de la faute de Nicholas, pas toi. C'est un connard qui en voulait toujours plus et qui t'utilisait. Il était comme ça. Ce n'était pas seulement le fait de baiser cette femme dans les toilettes : il t'a toujours traitée comme un être de seconde zone. Mais tu allais mieux. Tu t'étais retrouvée et tu devenais indépendante.

— Autant pour l'indépendance. J'ai continué à devoir compter sur tout le monde pendant l'inondation.

— C'était un cas d'urgence, et parce qu'on t'aime. Être indépendante veut dire que tu n'as pas à dépendre des autres, mais que tu le peux... ou quelque chose de ce genre. Je ne sais pas. Tout ce que je sais, c'est que tu as de bons amis qui t'aiment. Alors, on sera là pour toi. Tout comme toi pour nous... comme tu l'as déjà été d'ailleurs. Je n'aime pas que tu te voies comme ça. Tu sais bien que quand j'ai un problème dans mon magasin, tu viens tout de suite m'aider. Que quand Mme Murphy a eu besoin d'aide, tu as été là. Je déteste que tu ne voies pas ça chez toi. Et pour Devin, ce n'est pas parce que tu ne cherchais rien de sérieux que ça ne peut pas exister. Il faut que tu arranges les choses. Parle-lui.

— Je ne sais pas quoi dire.

— Commence par « je suis désolée ». Et dis-lui ce que tu ressens.

— Je ne sais pas ce que je ressens. Je me dis depuis si longtemps que je ne devrais rien ressentir quand il s'agit de lui, que je n'en sais rien.

— Alors commence par ça. Découvre ce qu'il représente pour toi. Comme ça, quand tu lui parleras, vous ne vous

207

ferez plus de mal. Parce qu'il est super pour toi. Tout comme toi pour lui. Mais fais-le. Arrange ça. D'accord ? Je veux vous voir vivre heureux avec plein d'amour, de bonheur et de sexe, et tout ce que vous aimez.

— Tu viens de dire que tu voulais me regarder faire l'amour ? demandai-je en riant.

— Eh bien, je ne suis pas vraiment douée avec les mots. Mais je veux que tu aies la vie que tu mérites. Et ne me dis pas que tu mérites moins que le pur bonheur parce que c'est faux. Tu es ma meilleure amie. Et Amelia aussi, mais elle n'est pas là pour le moment, alors ça sera toi.

— Je ne suis vraiment pas douée pour tout ça, dis-je en riant.

— Je sais, et je suis pire que toi. Mais tu as une chance de tout arranger. Saisis-la.

— Je pourrais l'aimer, Zoey. Je pense que si je me laissais aller, je pourrais vraiment l'aimer.

— Je sais. Alors, termine de t'apitoyer sur toi ce soir. On va finir ce film, même si ça me fait pleurer rien que d'y penser.

— Je sais. C'est pareil pour moi.

— Et ensuite tu iras prendre une douche, tu retireras la pâte à biscuits que tu t'es mise partout et tu arrêteras de faire peur avec cette tête de vieil épouvantail.

— Tu es une si bonne amie. Honnête, mais une bonne amie.

— Je suis sûre que tu ferais la même chose pour moi. Même si je ne me laisserais jamais aller à ce point, mais je m'éloigne du sujet.

Je lui lançai un regard noir, mais elle secoua la tête. Non, ce soir il ne s'agissait pas de Zoey et de ses décisions, mais de moi.

Oui, j'avais besoin de régler tout ça.

Et je le ferais.

Parce que je pourrais très bien aimer Devin... si je me laissais aller. Il fallait juste que je trouve le moyen d'y arriver.

Chapitre Seize

Devin

Ça a été une journée de merde. Mais il faut dire que la majeure partie de la semaine l'a été.

J'ai fait de mon mieux pour ne pas regarder le chien dans les yeux en terminant mon parcours, mais il n'arrêtait pas de me suivre avec ses petites griffes qui claquaient sur le trottoir derrière moi.

Sérieusement. Je n'avais pas de problème avec les chiens. Je les aimais... en majorité. Mais je n'aimais pas les chiens sur mes trajets.

La bête jappa ; un petit aboiement aigu qui me perça le tympan. Puis elle grogna, toujours haut perché, avec juste un ton légèrement plus profond. Je terminai le courrier de la journée, refermai la boîte aux lettres communautaire, puis

Elle et aucune autre

me tournai vers le chien. Je n'avais pas vraiment besoin de ça aujourd'hui.

Il continua d'aboyer, se rapprochant de moi à chaque petit saut, puis reculant. Un bond en avant. Ouaf. Arrière. Saut en avant. Ouaf. Arrière.

— D'accord, mon pote. Où est ta maman ? lui demandai-je.

Je savais que le chien vivait à deux pas de là avec une femme célibataire qui aimait chercher son courrier auprès de moi en personne. Elle tirait toujours sur son débardeur de sorte à mettre en valeur ses gros seins.

Oui, j'utilisais le mot « seins », parce que c'était exactement ça. Comme si j'étais de la viande fraîche et qu'elle voulait se frotter contre moi. Et bien sûr, elle amenait toujours le chien.

Cette chose avait essayé de me mordre au moins six fois depuis que j'avais commencé cet itinéraire. Un itinéraire convoité par mes collègues, même si personne ne tenait à avoir affaire à ce chien. Il n'était pas méchant, pas vraiment, mais il avait cette petite personnalité de chien qui a besoin de protéger son territoire malgré sa petite taille.

Je ne pouvais pas le porter par peur d'avoir des ennuis pour kidnapping de chien, mais je ne voulais pas non plus me faire mordre. Bouger était également compliqué car il me suivait en jappant. Si j'essayais de me rapprocher du véhicule, j'avais peur qu'il passe sous une roue ou qu'il se précipite au milieu de la rue et se fasse écraser.

Mon Dieu. J'étais épuisé.

Je n'avais pas bien dormi. Je n'avais plus l'habitude de dormir seul, et ça me faisait vraiment chier.

— Sérieusement, où est ta maman ? Pourquoi tu n'es pas en laisse, ou dans ton petit panier ? Ou dans ses bras ?

Mademoiselle Mahan adorait ce petit chien et ne le quittait jamais des yeux. Elle le choyait et le faisait constamment toiletter. Pas seulement des pinces, mais de vraies pédicures. Mais bon, tant qu'elle était heureuse et que le chien aussi, et qu'il ne me mordait pas, je m'en fichais.

Mais là, le chien était sur le point de me mordre.

— D'accord, Pippy. Ça suffit.

J'essayais de prendre une voix grondante pour avoir l'air plus autoritaire, mais Pippy continua de japper.

— Besoin d'aide, monsieur le facteur ? demanda un homme en passant sur son vélo sans même regarder en arrière.

J'eus bien envie de lui faire un doigt, mais impossible car j'étais en uniforme. Je ne pouvais ni frapper ce type, ni me débarrasser du chien. Il fallait vraiment que je remonte dans mon pick-up et rentre chez moi... Ou plutôt d'abord au bureau, ensuite chez moi. Il fallait que je m'éloigne de ce chien. Et je n'avais pas du tout envie de réfléchir à la raison pour laquelle je passais une si mauvaise journée.

Parce que ça avait un rapport avec une certaine personne qui m'avait dit d'aller me faire voir. J'étais donc célibataire maintenant. Célibataire et énervé.

Erin ne voulait pas de nous. Elle ne voulait pas de moi. Elle voulait tout faire par elle-même et ne rien avoir à faire avec moi.

Mais pas de problème. Moi aussi je pouvais me débrouiller seul. Comme me débarrasser de ce chien.

— D'accord, Pippy. Retourne chez ta mère, s'il te plaît,

Elle et aucune autre

soupirai-je en regagnant l'arrière de mon pick-up pour tout charger. Arrête de me suivre, Pippy.

Le chien ne cessait d'aboyer et de japper.

C'est ainsi que ma vie finirait : avec un chien qui me jappe dans les oreilles. Il allait hanter mes rêves pour toujours. Yip yip yip, ouaf ouaf ouaf.

Tout ça à cause d'un tout petit chien nommé Pippy.

C'était un Spitz, un mélange Spitz/Chihuahua— du moins c'est ce que sa propriétaire m'avait dit— avec des nœuds rose fluo dans sa fourrure et des griffes rose vif. D'habitude c'était un chien joyeux, mais en ce moment, il me détestait. Génial. J'étais le facteur, donc j'imagine que les chiens étaient censés me détester.

C'était peut-être le short.

Franchement, je n'étais pas fan des shorts.

— Où est ta maman ? demandai-je à nouveau.

J'ignorais si Pippy allait continuer à me suivre ou se jeter dans la rue. Et avec ses petites dents acérées, je n'étais pas vraiment sûr d'avoir envie de la soulever.

Je ne tenais pas à me faire mordre par un chien. Non, merci.

Mademoiselle Mahan n'était toujours pas sortie de chez elle. Elle ne devait donc pas savoir que Pippy était dehors.

C'était tout simplement génial.

Mais avant que je ne puisse déterminer ce que je devais faire, Pippy décida de prendre les choses en main... ou en pattes ? Elle s'élança vers moi en aboyant et essaya de me griffer. Je l'évitai en faisant un pas sur le côté et étouffai un juron.

Le chien continua sa course dans la rue, jusqu'au milieu

de la route à double sens. Mon sang se retira soudain de mon visage.

— Merde.

Je m'élançai aussi vite que mes jambes me le permirent. J'étais peut-être en bonne condition physique : je faisais de l'exercice, je courais et j'étais debout plusieurs heures par jour. Mais j'étais incapable d'être plus rapide qu'une voiture.

Je me penchai vers elle, mais trop tard.

Il y eut un dérapage de freins, un grand crissement, et alors que je poussais le chien hors des roues du véhicule venant en sens inverse, elle me pinça la main, mais ça ne me fit pas mal.

Non, c'est le choc de la voiture contre ma hanche qui me fit mal.

Il y eut un éclat de lumière, un cri et des hurlements. Mais je n'entendis pas grand-chose. Je sentis surtout une douleur aveuglante au niveau de la hanche et toutes les parties de mon corps heurtées par la voiture, ainsi que le gravier contre mon visage et mon flanc.

Mais le chien ?

Le chien jappait toujours, donc au moins il allait bien.

Moi, par contre ?

Ouille.

Puis plus rien. Seulement l'obscurité.

Chapitre Dix Sept

Erin

Cuisiner aidait à soulager le stress. C'est du moins ce que disaient les experts. Sur moi, ça ne marchait pas trop, même si j'aimais la pâtisserie et que *j'adorais* mon travail.

En réalité, je n'étais pas vraiment stressée. Au travail tout se passait bien. L'endroit était à nouveau opérationnel. Le toit avait été réparé, les dégâts causés par les inondations avaient disparu et l'assurance avait presque tout remboursé.

J'avais un compte épargne sain, essentiellement parce que je n'avais aucune vie sociale, à part Devin récemment, donc j'avais de quoi faire réparer ce que l'assurance n'avait pas couvert.

Professionnellement tout se passait bien.

C'était juste tout le reste qui n'était pas génial.

Après le départ de Zoey la nuit dernière— les yeux à toutes les deux gonflés après avoir regardé « 10 bonnes raisons de te larguer » et pensé à notre cher Heath— j'avais pris une douche comme elle me l'avait demandé. C'était indispensable. Puis je m'étais endormie, sachant que je devrais voir Devin aujourd'hui pour lui demander pardon à genoux.

Mais j'avais l'impression qu'il me fallait trouver une autre façon de le faire.

Non pas que je refusais de me *mettre* à genoux, et pas de la manière lubrique que mon esprit ne cessait de suggérer. Non, je devais trouver un moyen de lui prouver que je n'avais pas peur. En fait si, *j'avais* peur. C'était bien le problème. J'avais peur qu'il me quitte et j'avais peur de souffrir.

Mais agir comme je l'avais fait, c'est-à-dire le blesser et donc moi aussi par la même occasion, ne marchait pas.

Je devais retrouver la confiance. Il fallait simplement que je réalise qu'il serait là pour moi, parce que c'était ce qu'il voulait. Car au final, il n'avait jamais rien fait pour me faire penser le contraire.

Mon manque de confiance était entièrement de ma faute, et c'était très pénible.

Je venais de mettre le dernier de mes gâteaux au frigo pour le lendemain, et je m'apprêtais à vérifier mon emploi du temps sur ma tablette quand mon téléphone sonna.

Je regardai l'écran et décrochai.

— Salut, Zoey.

— Je viens te chercher. On doit aller à l'hôpital. Devin a été blessé.

Tout se figea en moi. C'était comme si le temps s'était

arrêté. Je pouvais entendre le tic-tac de l'horloge murale et le bâtiment qui gémissait. J'entendais le vent dehors.

Je pouvais entendre mon rythme cardiaque ralentir : il n'accélérait pas comme si j'étais en danger. Non, c'était comme si tout ralentissait pour que je puisse comprendre ce que Zoey disait.

— L'hôpital ?

— Je ne connais pas les détails, mais il a été renversé par une voiture pendant le travail.

Mes mains se mirent à trembler et j'essayai de chercher mon sac à main, mes clés, n'importe quoi. Il fallait que je change mes chaussures de travail. J'avais besoin de faire quelque chose.

Oh mon Dieu.

— Il est vivant ?

La bile recouvrait ma langue et mes mains tremblèrent de plus belle.

— Oui.

Il y eut un crissement de pneus, puis Zoey fit irruption dans le magasin.

— J'ai laissé le moteur tourner et je me suis garée en double file. Allez. Prends tes affaires. Je t'emmène à l'hôpital.

— Il va bien ?

— Je ne sais pas. Il a été renversé par une voiture, Erin. Amelia vient de m'appeler pour dire que je devais y aller.

Je me figeai.

— *Tu* dois y aller.

— Oui. Alors en route.

— Sa famille ne voudra pas de moi et Devin non plus. Dis-moi juste s'il va bien. J'ai juste besoin qu'il aille bien. Il ne peut pas être blessé.

À quoi pensait-il de se faire renverser par une voiture comme ça ?

— Ça n'a aucun sens. Il est si prudent.

— Apparemment c'est à cause d'un chien.

— Mais il prétend détester les chiens. Pourquoi ferait-il ça ?

— Je ne sais pas. Nous aurons plus de réponses à l'hôpital. Tu viens avec moi.

— Il ne voudra pas de moi là-bas.

— Dans ce cas, merde. Tu iras quand même. Ça sera une façon de faire amende honorable. Tu as le droit d'y aller et d'être aux côtés de l'amour de ta vie qui a été blessé.

— D'accord. Mais s'ils ne veulent pas de moi là-bas ?

— Alors tu les emmerdes. Ce sont aussi mes amis, je les aime. Mais tu vas y être. D'accord ?

Je hochai la tête sachant qu'elle avait raison, même si j'avais peur. Mais merde. Je l'avais déjà fait souffrir à cause de mes peurs. Je n'allais pas recommencer. Non, j'allais régler ce problème entre nous. Mais d'abord, il fallait qu'il aille bien.

Renversé par une voiture ? Comment ça avait pu arriver ?

Il fallait qu'il aille bien. Je ne pouvais pas le perdre juste quand je l'avais trouvé... après l'avoir laissé filer entre mes doigts.

J'aurais fait n'importe quoi pour qu'il aille bien. Même ne jamais le revoir s'il le fallait. Cette pensée me donna envie de pleurer. Tout allait bien. Il allait s'en sortir. Il le devait.

Je pris mon sac à main, éteignis les lumières et verrouillai la porte derrière moi avant de courir vers la voiture de Zoey.

Je me glissai sur le siège passager et la laissai conduire.

C'était une conductrice assez calme, et je ne pensais pas être en mesure de le faire de toute façon.

— Il va s'en sortir, Erin.

Je regardai Zoey alors qu'elle se garait dans le parking des urgences, et hochai la tête avant d'essuyer la farine et le sucre de mon pantalon.

— Oui. Il va bien. Tout va bien. C'est juste que... il faut qu'il s'en sorte.

— Ça sera le cas.

— J'en suis sûre.

Je marchais comme un robot, comme sur pilote automatique alors que je suivais Zoey à travers les urgences. Il y avait plein de monde, certains toussant, d'autres juste assis à attendre leur tour. Zoey continua d'avancer, les yeux sur son téléphone alors qu'elle envoyait un SMS à quelqu'un. Je supposai que c'était Amelia parce qu'elle semblait savoir où elle allait. On longea le couloir jusqu'à une autre salle d'attente, celle-ci un peu plus privée, et tout le monde était là.

Amelia et Caleb étaient debout et discutaient avec Tobey qui faisait les cent pas près d'eux. Tucker était également là, faisant aussi les cent pas dans un autre coin. Il y avait Dimitri et Thea, serrés l'un contre l'autre pendant qu'ils parlaient à Caleb.

Tout le monde était là.

La famille avait été appelée. Et moi non.

Mais à quoi est-ce que je m'attendais ?

J'avais largué Devin. J'avais été une garce.

Ils n'avaient pas besoin de me dire quoi que ce soit. Après tout, je n'étais rien pour eux.

Amelia leva la tête vers moi, et ses yeux s'écarquillèrent pendant une seconde avant de me tourner le dos. Elle se pencha vers Tobey, qui lui passa une main dans le dos. Caleb se contenta de me lancer un regard furieux avant de partir à l'autre bout de la pièce.

Puis Zoey se précipita dans les bras de Thea, et toutes deux s'étreignirent. Et je restai seule.

Parce que j'étais une imbécile.

Parce que j'avais eu tellement peur de souffrir que je l'avais largué. Qu'est-ce que je faisais ici ?

La famille n'avait pas besoin de moi. Ils étaient présents les uns pour les autres, et ils étaient tous si proches.

Devin n'avait pas besoin de moi.

J'étais sur le point de faire demi-tour pour prendre un taxi ou un Uber, quand Dimitri s'approcha et posa sa main sur mon épaule.

Je levai mes yeux emplis de larmes vers lui, et il m'embrassa.

— Parfois, on doit faire ce qu'il faut pour se protéger et on réalise plus tard qu'on aurait dû voir ce qui était devant nous tout ce temps, murmura-t-il, bien que tout le monde l'entendît.

Tous me regardaient. Je ne savais pas quoi leur dire. Comment pourrais-je m'excuser d'avoir fait du mal à leur frère ? D'avoir fait du mal à Devin alors qu'il était au plus mal.

Je n'étais pas assez naïve pour penser que le monde tournait autour de moi et qu'il souffrait uniquement à cause de moi. Du moins, pas physiquement. Mais émotionnellement ?

Oui, j'étais une garce.

— Qu'est-ce qui s'est passé ? chuchotai-je.

— Il a voulu sauver un chien qui a failli se faire écraser

Elle et aucune autre

par une voiture, et a été renversé, déclara Amelia d'une voix glaciale.

Elle avait besoin d'être en colère après quelqu'un, et on ne pouvait pas être en colère après un chien, donc j'étais la cible idéale. Mais ça m'allait. Je le méritais.

— Il va s'en sortir, déclara Dimitri. On devra juste s'en souvenir, dit-il en me frottant l'épaule.

Puis Thea s'approcha et me serra dans ses bras.

— En tant que personne qui a déjà dû rendre visite aux membres de sa famille à l'hôpital, ça aide de marcher, pleurer et en parler.

Je voulais lui demander ce qu'elle voulait dire par là, mais ce n'était ni le moment ni l'endroit. Dimitri et Thea échangèrent un regard, et je m'écartai légèrement, les bras croisés sur ma poitrine.

Caleb fut alors devant moi et posa ses mains sur mes épaules. Je levai le regard vers lui.

— Arrange ça.

Je clignai des yeux.

— Je ne suis pas médecin, dis-je bêtement.

— Tu sais ce que je veux dire. Arrange ça.

— Je ne demande pas mieux. Mais je ne sais pas comment.

— Tu trouveras, dit Amelia à l'autre bout de la pièce. Mais il doit d'abord s'en sortir. Putain de chien.

— Tu sais que ce n'était pas la faute du chien, bébé, dit Tobey en lui embrassant la tête.

Je les regardai tous et essuyai mes larmes. Devin avait été renversé par une voiture. Ça ne semblait même pas réel. Nous étions tous là, faisant les cent pas, assis ou nous parlant.

Ils finirent par me laisser dans mon coin, mais personne ne me battit vraiment en froid, sauf au moment où j'étais entrée. Ils avaient besoin d'un bouc émissaire et j'étais bien tombée.

Après tout, je m'en voulais plus qu'eux.

Après ce qui me parut des heures, un homme en blouse franchit les doubles portes, l'air épuisé mais pas vaincu.

C'était un détail important, non ?

Je restai figée, tellement effrayée d'entendre ce qu'il avait à dire et de ce que nous pourrions perdre.

S'il te plaît, va bien, Devin. Tu dois guérir.

— Je cherche la famille de Devin Carr.

Dimitri se racla la gorge et s'avança en tenant la main de Thea, suivi du reste de la famille. Tucker, Zoey et moi restâmes en retrait, et Tucker mit ses bras autour de nous comme si nous étions notre propre petite unité dans la famille des Carr. Oui, Tobey était avec Amelia, mais ça allait. Tout le monde avait quelqu'un.

Devin devait s'en sortir.

— C'est nous. Nous tous.

Le médecin hocha la tête.

— Votre frère est un homme chanceux.

— Il a été percuté par une voiture. Comment peut-il être chanceux ? explosa Amelia.

— Bébé, murmura Tobey.

— Pardon.

— Non, vous avez raison. J'aurais dû mieux choisir mes mots. Il va s'en sortir. Le tibia et le péroné gauche sont cassés, mais c'est une fracture nette, donc ça devrait bien guérir. Par contre il aura besoin de rééducation. Il a également perdu sa rate en heurtant le trottoir. Ça prendra un peu plus de temps

Elle et aucune autre

à guérir, mais nous avons pu entrer par coloscopie et il devrait rapidement se rétablir. Il devra porter des chaussures orthopédiques pendant un certain temps et utiliser un déambulateur car il ne peut pas utiliser de béquilles avec les points de suture. Il pourra passer aux béquilles dans un second temps. Tout dépendra de la façon dont il se rétablira et de sa motivation. Mais M. Carr est en bonne forme physique. Tant qu'il fera ce qu'on lui dit, tout ira bien. Maintenant, qui veut le voir en premier ?

Tous se mirent à parler en même temps, et je m'éloignai de Tucker pour m'asseoir, les genoux faibles.

Je laissai alors couler mes larmes.

Devin allait bien. Il allait s'en sortir.

Alors pourquoi avais-je l'impression de mourir de l'intérieur ?

Les larmes coulèrent, et Tucker prit le siège à côté de moi pour passer son bras autour de mes épaules pendant que je pleurais dans sa chemise soigneusement repassée.

Devin allait s'en sortir, mais je n'étais pas sûre que ce soit mon cas.

Chapitre Dix-Huit

Devin

À MON DEUXIÈME JOUR À L'HÔPITAL, JE COMPRIS QUE j'étais un connard grincheux. Mais merde. Je venais de me faire opérer, j'avais la jambe dans une sorte de botte orthopédique, et mademoiselle Mahan était déjà passée avec ce satané chien pour prendre de mes nouvelles. Elle avait été expulsée aussitôt pour avoir introduit Pippy à l'intérieur de l'hôpital, mais quand même.

J'avais vu le chien pour lequel j'avais risqué ma vie, mais je n'avais pas vu Erin.

Ça m'apprendra à partir sans me battre. Elle avait eu peur et je l'avais repoussée.

Mais putain, se faire renverser par une voiture aurait dû me la ramener. Non ? Peut-être qu'elle ne voulait vraiment

Elle et aucune autre

pas de moi. Eh bien, merde, c'était nul. J'imaginais que c'était bel et bien fini.

Bon débarras.

— Tu grognes, dit Amelia, enfin seule après le départ de Tobey.

— Pardon, marmonnai-je.

Elle me jeta un court regard. Dimitri, Thea, Caleb et Amelia étaient maintenant dans ma chambre, et tous me fixaient.

Tucker était passé, tout comme Tobey. Zoey avait également apporté des fleurs.

Et pourtant, je n'avais toujours pas vu Erin.

— Alors, ne refais plus jamais ça, dit Dimitri après s'être raclé la gorge.

Je haussai les sourcils.

— D'accord, je vais essayer de ne plus me faire renverser par une voiture, grognai-je.

— Bien, aboya Dimitri.

Cette fois, ce fut Caleb qui se mit à rire.

— Tu sais, c'est en général moi le trou du cul grincheux. On dirait que c'est Dimitri cette fois. Et puis comment on a tous pu entrer ici ? Je croyais qu'il y avait un nombre limité de visiteurs, demanda Caleb en nous regardant.

Amelia lui fit un signe dédaigneux.

— On s'en est occupé, Thea et moi. Ne t'inquiète pas. On ne se fera pas virer. De plus, on doit veiller à ce que notre grand frère ne se fasse pas sauter un point. Parce qu'il s'est quand même fait renverser par une foutue voiture.

— Je ne l'ai pas fait exprès. Il y avait un chien.

— Tu es sûr que ce n'est pas toi qui as lancé le chien dans la rue ? demanda Caleb.

225

— Je ne déteste pas les chiens, dis-je en lui faisant un doigt.

— Et pourtant l'un d'eux a essayé de te tuer, dit Dimitri en haussant les épaules. Je dis ça, je dis rien.

— La bestiole s'est jetée sur moi. J'ai essayé de l'éviter, mais elle a fini dans la rue. Quand j'ai essayé de la rattraper, j'ai été percuté par la voiture à sa place. Mais le chien va bien.

— Oui, j'ai vu la grosse blonde plantureuse passer prendre de tes nouvelles, grogna Amelia.

Je plissai les yeux.

— Arrête ça.

— J'ai rien dit, dit-elle les yeux sur son téléphone.

Je pouvais entendre l'inquiétude dans sa voix. Tous s'étaient inquiétés. Putain, même moi je m'étais inquiété. *J'avais* été renversé par une voiture.

C'était ridicule.

— Je vais bien, chuchotai-je en lui tendant la main.

Je grimaçai un peu et elle se leva de sa chaise pour me prendre la main et réduire la distance.

— Ne te fais pas mal.

— Pas plus que ce que j'ai déjà ?

— Il faut que tu guérisses, d'accord ?

— Oui. Parce que le fait que tu aies fait la une des journaux avec « le facteur sauve un chien et se fait renverser par une voiture », c'est vraiment trop pour nous. Nous sommes une famille agréable et calme.

Je foudroyai Caleb du regard, et Dimitri haussa les épaules.

— En tout cas on essaie. Nous ne le sommes pas toujours.

— Quand tu seras sorti, on veillera à ce que tu sois bien

pris en charge, commença Thea. On fera même une petite fête. Je peux apporter le fromage... et bien sûr, le gâteau.

Quelqu'un s'éclaircit la voix dans l'embrasure de la porte et je me figeai. Je connaissais cette voix.

— Je peux aussi apporter du gâteau, murmura Erin depuis le couloir.

Tout le monde s'écarta.

Dire que c'était gênant aurait été un euphémisme.

Ils me lancèrent tous des regards coupables, et je me demandai pourquoi.

Bientôt la chambre se vida, comme s'ils avaient soudain tous quelque chose à faire, et je me retrouvai seul avec Erin. La fille qui m'avait largué et qui n'était pas venue me voir jusqu'à présent.

En tout cas elle avait fini par venir.

Le fait que je sois toujours énervé n'arrangeait rien. J'en rejetais la faute sur les médicaments, mais j'étais tellement en colère : contre moi, contre elle et cette fichue voiture. Tout le monde s'en était bien sorti au final. Après tout, je n'avais pas été trop blessé. Rate ou pas de rate, je m'en sortirais. Mais j'allais devoir travailler derrière un putain de bureau, ce qui m'énervait encore plus.

Il m'avait fallu des années d'ancienneté pour avoir cet itinéraire, et à présent j'allais le perdre sans aucune garantie de le récupérer une fois rétabli, quand je pourrai à nouveau marcher sans boîter.

Je regardai Erin, et j'eus l'impression d'être à nouveau frappé.

— Je ne voulais pas que tout le monde s'en aille, chuchota-t-elle.

Elle avait des cernes sous les yeux et ses cheveux étaient

relevés en un chignon désordonné. Elle portait son uniforme de travail, mais on aurait dit qu'elle n'avait pas du tout dormi.

Eh bien, on était deux. La seule fois où j'avais vraiment dormi, c'était quand j'étais évanoui, sous anesthésie, puis sous analgésiques. Mais ça ne voulait pas dire que je m'étais reposé. Pas vraiment.

— Ils ont l'air de penser qu'on a besoin d'intimité, grognai-je.

Oui, maintenant je me comportais comme un con, mais elle m'avait largué après tout. Pourquoi était-elle ici ?

— Je suis passée hier avec Zoey. Mais je ne suis pas revenue après parce que j'avais des choses à faire. Je voulais juste voir comment tu allais.

Des larmes coulaient sur ses joues et je voulais lui pardonner. Je voulais qu'elle me dise qu'elle m'aimait et faire ensuite de même. Mais je ne pouvais pas : elle m'avait repoussé et elle pourrait très bien recommencer.

Elle avait dit qu'elle ne voulait rien de sérieux. Eh bien, se faire renverser par une voiture c'était du sérieux. Peut-être que c'était trop pour elle. Parce que pour moi ça l'était.

— Je suis vraiment désolée.

— Que j'ai été blessé ?

— Oui, bien sûr.

Elle regarda ses mains et fit quelques pas dans la chambre. Elle se tenait juste au bout du lit, sans me toucher, mais c'était mieux comme ça. Honnêtement, j'ignorais ce que j'aurais fait si elle m'avait touché.

— Je suis également désolée d'être une personne horrible. Je ne voulais pas te faire de mal.

Je me contentai de la fixer. Que voulait-elle ? Pourquoi

Elle et aucune autre

était-elle ici ? Elle ne partageait pas ses sentiments avec moi : seulement qu'elle était désolée que j'aie été blessé.
Eh bien, j'avais été blessé. J'étais dans un putain de lit d'hôpital et je ne pouvais même pas me redresser. On avait au moins retiré le cathéter de ma queue, donc c'était déjà ça. Mais, bordel, je ne voulais pas m'occuper de ça. Je ne voulais m'occuper de rien. Tout ce sur quoi j'avais travaillé toute ma vie, me glissait entre les doigts, et elle restait plantée là sans rien dire... Preuve vivante de ce que je ne pourrais jamais avoir.
— Oui, eh bien, tu l'as fait, dis-je d'une voix plus dure que je ne l'aurais voulu.
Ses yeux s'agrandirent et elle recula d'un pas.
Je ne voulais pas lui faire de mal non plus, mais visiblement nous n'étions bons qu'à ça.
— Tu devrais y aller, Erin. Va-t'en.
Elle ouvrit la bouche pour dire quelque chose, mais se contenta de secouer la tête, et tourna les talons.
Elle partit. Elle préféra ne pas rester, ne pas se battre. Eh bien, moi non plus.
Je me sentais comme une merde... comme si j'avais été renversé par une voiture, tiens.
Ça m'apprendra.
Peut-être que *j'étais* un con, mais ça m'était égal.
J'allais perdre l'aspect de mon travail qui me plaisait le plus, j'avais perdu ma putain de rate, et j'avais perdu la seule personne que je pensais pouvoir aimer.
Ça me semblait juste.
Je le méritais.

Chapitre Dix-Neuf

Erin

— Ce glaçage est incroyable, déclara Jenn en plongeant son doigt dans le bol.

— Je sais. C'est moi qui l'ai fait.

Mon sourire manquait de sincérité et je savais que Jenn l'avait remarqué aussi.

J'allais bien. Sérieusement. Ça faisait... quoi ? Deux semaines que j'avais quitté la chambre d'hôpital de Devin. J'allais bien. Je n'étais pas effondrée ou changée en une flaque d'eau. Je n'avais pas été frappée par la foudre.

J'étais toujours debout, et je faisais apparemment un glaçage à couper le souffle.

Le fait que ma sœur soit assise dans ma petite boutique en train de manger le glaçage que j'avais préparé spécialement pour elle, prouvait que j'allais bien. Non, ma sœur n'était pas là pour voir si je me portais bien. Elle ne me surveillait absolument pas, car il était évident que je n'en avais pas besoin.

Je n'étais pas une coquille brisée de la personne que j'avais été. Parce que je ne l'aimais pas, n'est-ce pas ? Je l'avais repoussé parce que je ne voulais pas tomber amoureuse. Je n'avais donc pas mal. C'était impossible. Dans le cas contraire, ça signifierait que je l'aimais.

Ma cuillère en bois se brisa sur mon comptoir.

— Ça va ? demanda Jenn avant de gémir. Oh mon Dieu, est-ce que c'est une vraie gousse de vanille ?

— Ça va oui.

Je nettoyai rapidement ma bêtise en poussant un juron. La cuillère était vieille et cassante de toute façon. N'importe qui aurait pu la casser.

— Tu veux que je te laisse seule avec ton glaçage ? Je peux aller faire un petit tour si tu veux.

— C'est dégoûtant. Mais... peut-être. Moi, seule avec mon glaçage. Viens ici, mon grand, dit-elle en se suçant le doigt avec un gémissement.

— Tu es dégoûtante, dis-je en riant.

C'était un rire faux, mais quand même plus chaleureux que les autres. Je progressais en tout cas. Je n'avais aucune excuse pour me lamenter puisque tout était de ma faute.

— Quoi ? dit-elle en se léchant le doigt.

— Je t'ai donné une cuillère. Si quelqu'un entre pendant que tu fais ça, je pourrais avoir des ennuis avec les services d'hygiène.

— Mais non. Je suis dans un endroit où on déguste des gâteaux. C'est le lieu idéal pour manger avec mes doigts. Mon Dieu, ce gâteau. Et ce n'est que le glaçage.

— Tu vis une histoire d'amour avec ce glaçage, on dirait.

— Tu en mettras dans les cupcakes que tu prépares pour mes filles, n'est-ce pas ? Oh, oui, ça à l'intérieur des cupcakes aux fraises avec de la crème par-dessus, hum. J'ai besoin d'un moment seule.

— Peut-être que je ne devrais pas en donner à tes petites filles si ça te donne des orgasmes.

Bien sûr, il fallut que la porte s'ouvre à ce moment-là et que la petite clochette tinte. Je gémis.

Heureusement, ce n'était que Zoey.

— Qui a un orgasme avec du glaçage ? dit-elle en entrant.

— Salut, Zoey. C'est moi. Je t'en laisserais bien, mais ce glaçage est à moi. Rien qu'à moi. À moi, à moi, à moi, chanta-t-elle en mangeant.

Je secouai la tête.

— Tu vas avoir du diabète.

— Non, tu ne m'en as pas donné assez. Je vais simplement prendre mon temps. Doucement. Tout doucement. Le manger bouchée par bouchée.

Je croisai le regard de Zoey qui ouvrait de grands yeux.

— Depuis combien de temps est-ce qu'elle est seule avec son glaçage ? demanda-t-elle.

— Pas assez longtemps, dit Jenn en gémissant.

— Elle a perdu la boule, dis-je en riant.

— Peut-être bien. Mais ce n'est pas grave, parce que tout ce qu'il me faut, c'est ce bol de glaçage.

— Combien de fois crois-tu qu'elle va utiliser ce mot aujourd'hui ? demandai-je en m'écartant pour laisser passer Zoey.

— Techniquement parlant, tu viens dans cette pâtisserie ces jours-ci. Donc, probablement beaucoup.

— Je n'habite pas ici, protestai-je en retenant une grimace. En fait, un peu quand même. Je n'avais jamais autant travaillé, et je ne menais pas une vie très équilibrée ces jours-ci. Pour quoi faire ?

Non seulement je réalisais que j'allais probablement mourir seule, mais Nicholas m'avait envoyé une invitation à son mariage.

— Alors, tu as répondu ? demanda Zoey.

C'était comme si elle devinait mes pensées.

— Non, je l'ai jetée. J'allais entourer « non », et écrire « Va te faire foutre », mais je ne voulais pas passer pour l'ex-femme aigrie.

— Je n'arrive toujours pas à croire que ce bâtard t'ait invitée, déclara Jenn en approchant avec son bol.

Elle avait pratiquement tout léché. Ma sœur aînée, si gracieuse et équilibrée, l'incarnation de la maternité, avait léché ce satané bol.

— Je n'arrive pas à y croire non plus.

— Et tu sais ce qui craint ? Qu'il ne m'ait pas invitée.

Je regardai tour à tour Zoey puis Jenn.

— Tu es contrariée que mon ex-mari, mon ex-mari *infidèle* ne t'ait pas invitée à son mariage ?

— J'ai été sa belle-sœur pendant des années ! Et il ne m'a pas invitée, mais toi si.

— Je ne sais pas ce que je suis censée penser de ça.

— Que tu dois me donner un peu plus de glaçage, dit Jenn en secouant ses hanches.

— Dans tes rêves. Tu as eu assez de sucre, sinon tu vas bientôt te mettre à rebondir partout.

— Probablement. Mais c'est tellement amusant. J'aime

prétendre que je n'ai aucun souci à part manger de la crème. J'aurai probablement la nausée plus tard.

— Non. Mon glaçage ne te donnera pas la nausée.

— Peut-être que si avec tout ce que je viens de manger.

— Normalement une personne sensée n'en mange pas autant, dit Zoey en esquivant le poing de Jenn. Je n'arrive pas à croire que tu allais me frapper, ajouta-t-elle en plissant le nez.

— J'allais juste te faire une tape d'amour, répondit Jenn avant d'aller se laver les mains.

— Quoi qu'il en soit, Zoey, merci d'être venue m'aider aux derniers préparatifs du mariage. C'est un grand jour demain, et je veux que tout soit parfait. Il faudra que je sois sur place pour faire le montage final et les photos.

— Oh, je sais que c'est un grand mariage. Je serai également là pour les fleurs, et Amelia pour la décoration du jardin, parce qu'ils ont demandé un étang avec des poissons koï.

— Des poissons koï ? répéta Jenn. Ils veulent des poissons à leur mariage ? Et pas seulement au menu ?

— Je n'ai pas demandé. Mais il y a probablement un plat de saumon.

— C'est bizarre. Ce serait comme avoir une option steak et avoir une vache à côté.

J'éclatai de rire. Je n'avais plus autant ri depuis un moment. Mais c'était bien pour ça que Jenn était là.

Parce qu'elle ne voulait pas que je sois seule. Elle avait appris ce qui s'était passé avec notre père, et après que je l'ai empêchée d'aller lui botter le cul, nous avions toutes les deux décidé de ne rien faire. Mon père, ou Frank Rose comme se faisait désormais appeler ce bâtard, n'avait même pas pris la peine de me contacter. Il n'avait pas contacté ma mère non plus. On le savait, car Jenn l'avait appelée pour lui poser la question.

Il n'avait même pas voulu savoir qui j'étais ni pourquoi j'étais là. Mais ça allait, tout allait bien se passer.

Il avait sa nouvelle vie parfaite, et si notre demi-frère— je préférais ne même pas penser à son lien de parenté avec nous— voulait un jour nous rencontrer, nous y serions ouvertes.

Mais pour l'instant, ni moi ni Jenn, n'y étions prêtes. Peut-être un jour. J'avais décidément pris la mauvaise décision en voulant comprendre pourquoi notre père nous avait quittées.

Nous ne lui avions pas suffi. Tout comme je n'avais pas suffi à Nicholas.

Peut-être que j'aurais suffi à Devin si je n'avais pas fui quand les choses sont devenues compliquées.

Mais stop avec ça.

— Devin marche avec des béquilles maintenant, déclara Zoey avant de se figer dans sa tâche de mettre des fleurs sur le gâteau.

Jenn jura, et je les regardai.

— Oh ?

— J'ai pensé que tu aimerais le savoir. Il se débrouille bien. L'opération s'est suffisamment bien déroulée pour qu'il n'ait presque aucune douleur. Il a vite récupéré. Les ecchymoses ont également disparu. C'est juste qu'il a une épine dans la patte, mais à part ça, il va très bien.

— Une épine ?

— C'est un vrai grincheux... ou disons même un connard. Je ne sais pas si c'est parce qu'il est derrière un bureau, parce qu'il ne peut pas conduire, ou parce que tu lui manques.

— Je pense que c'est un mélange des trois. Mais surtout le dernier, déclara Jenn.

J'aurais voulu les étrangler toutes les deux.

— Il m'a dit de partir, dis-je en redressant les épaules. Et il ne m'a plus contactée depuis. Oui, je l'ai quitté en premier, alors, je le mérite. Mais je dois juste me faire à l'idée que Devin est présent dans vos vies et à la périphérie de la mienne. Je veux dire, je ne l'avais pas revu depuis des années avant ça, donc ça devrait aller. J'ai travaillé avec toi et Amelia pendant des années sans savoir que vous le connaissiez. Je vais donc continuer comme avant. Comme si ça n'avait pas d'importance.

— Ce n'est pas la meilleure façon de régler ses problèmes, tu sais ? dit doucement Jenn.

— Eh bien il faudra bien que ça me suffise. Parce que je ne veux plus souffrir comme ça. Je ne veux plus ressentir ce vide en moi. Je veux juste faire ce que je fais le mieux, c'est-à-dire des gâteaux.

Et rien d'autre. Mais ça, je ne le dis pas à voix haute. Elles n'avaient pas besoin de m'entendre me lamenter toute seule. Elles m'avaient déjà assez entendue. Et pourtant, elles restaient à mes côtés, même quand je me comportais comme une idiote. Il fallait que j'essaie d'être meilleure pour elles.

Même si ça signifiait ne plus revoir Devin. Même si ça me brisait un peu plus chaque fois que j'y pensais.

Chapitre Vingt

Devin

— Je suis surprise que tu ne te sois pas rasé pour le mariage, dit Amelia en s'approchant de moi. Elle me tapota le bras en faisant attention de ne pas trop me toucher. Ils étaient tous comme ça. Ma famille et mes amis proches. C'était comme s'ils avaient peur de me briser en me touchant. Mais étant donné que mon corps en avait bien bavé, ils avaient probablement raison.

J'avais encore très mal. Mes cicatrices étaient à peu près guéries, et Dieu merci, je n'avais plus besoin d'utiliser un déambulateur. Devoir regarder mes frères découper des balles de tennis pour les coller sous le déambulateur avait été hilarant, mais je préférais ne plus jamais revoir ça. Étant donné que nous n'avions plus de parents, nous allions être les prochaines personnes à finir ainsi, et je préférais ne pas y penser. Pourtant le fait qu'ils aient tous été là pour moi était plutôt génial. Caleb avait dormi sur mon canapé, même si j'avais une chambre d'amis. Il avait plaisanté en disant qu'il ne voulait pas me déranger, et avait voulu ensuite me faire chanter en disant que je l'avais forcé à dormir là. Mon frère était un enfoiré, mais il était plutôt génial.

Il avait déménagé il y a quelques jours pour s'installer dans sa maison toute neuve, mais chacun essayait de passer plus souvent que d'habitude.

Même Dimitri était passé un jour sur deux avec Thea.

La famille de Thea avait même organisé un repas Montgomery chez moi. On avait été incroyablement nombreux, mais tous voulaient voir comment j'allais. On avait ensuite partagé des histoires sur ceux qui avaient fait des séjours à l'hôpital. Étant donné qu'il y avait eu une explosion de gaz il y a quelques années, une agression et des accidents de voiture, il y avait eu pas mal de visites à l'hôpital.

Je m'estimais chanceux. Oui, j'avais perdu ma rate, mais je n'avais pas perdu la vie. Ce n'était quand même pas rien, non ? Quoi qu'il en soit, mes amis, ma famille et la famille de Thea avaient tous veillé à ce que je ne sois jamais seul.

Ce qui, certes, m'avait quelque peu agacé. Comment étais-je censé ruminer et être ronchon en étant tout le temps entouré ?

— Euh, Devin ? J'ai demandé pourquoi tu ne t'es pas rasé. Qu'est-ce qu'il y a, frangin ?

Je dévisageai ma petite sœur qui ne me regardait même pas. Elle cherchait probablement Tobey. Ils étaient venus ensemble, mais Tobey était parti lui chercher à boire, et je ne l'avais pas revu depuis. J'étais bien... juste fatigué des gens. Assister au mariage

Elle et aucune autre

d'un ami n'était probablement pas le meilleur endroit pour moi. Mais j'étais là. Dans un costume, des bottes orthopédiques, avec des béquilles. Et une barbe qui semblait agacer ma sœur.
— Je n'avais pas envie de me raser. J'aime ma barbe.
— Oh, je le sais. Tu mets même un peu d'huile pour faire tout beau et hipster.
— Tout d'abord, hipster n'est pas un mot. Deuxièmement, j'étais hipster avant même que ça ne soit cool d'être hipster.
— Je suis sûre que c'est exactement ce que dirait un hipster.

Je faillis lui faire un doigt, mais ça m'aurait obligé à lâcher ma béquille, et je n'étais pas d'humeur à m'appuyer à nouveau sur mes aisselles. Celui qui a inventé les béquilles était un sadique. Je détestais ces trucs, et j'avais hâte de pouvoir à nouveau m'appuyer sur mon pied et ma jambe. Le médecin m'avait dit d'être patient, et au moins je n'étais plus relégué au lit. Apparemment, se faire renverser par une voiture pouvait détruire votre vie.

La mienne, en tout cas.
— Alors, quand est-ce que tu reprends le travail ? demanda-t-elle.
— Pourquoi tu demandes ça ? demanda Caleb en me tendant un soda.

J'avais envie d'une bière, mais comme je risquais de prendre des analgésiques plus tard, personne ne voulait m'en donner.

C'est pour ça que je déteste la vie.

Pas parce qu'Erin n'y était plus ou que je l'avais repoussée après qu'elle m'eut repoussé. Mais peu importe. Je n'allais pas repenser à tout ça. Je ne pouvais pas repenser à elle.

— Qu'est-ce que j'ai dit ? demanda Amelia.

Elle grimaça sous le poids de mon regard, ce qui me donna mauvaise conscience. Juste un peu.

— Ne mentionne pas le travail, répondit Caleb.

— Je vais bien, dis-je en soupirant. Je ne resterai pas longtemps derrière un bureau.

— Tu dis ça. Mais tu es un vieil homme maintenant.

— Tu veux vraiment qu'il te frappe ? Je suis sûr qu'il pourrait le faire avec cette béquille.

J'ignorai ma sœur et regardai mon frère.

— J'ai trente-quatre ans. Je suis loin de l'âge de la retraite. Ça ira. Je vais reprendre la route.

Je risquais de perdre l'itinéraire que j'avais eu tant de mal à gagner, mais je le récupérerai. Après tout, je m'étais blessé au travail : j'étais couvert au niveau juridique. Je retrouverai mon poste : il le fallait. Je n'aimais pas être derrière un bureau. J'aimais être à l'extérieur. Mais la marche était un problème en ce moment.

— Il va s'en remettre, dit Amelia avec un hochement de tête très digne. Je vais retrouver Tobey. Je ne sais pas où il est passé.

Je jetai un coup d'œil à Caleb, mais on ne fit aucun commentaire. Amelia était susceptible quand il s'agissait de Tobey. J'aurais quand même aimé savoir où ça en était, mais je n'obtiendrai pas de réponses. Du moins pas de sa part.

— Le mariage était sympa, dit Caleb en changeant de sujet.

— Oui. C'était plutôt bien. Les mariés étaient heureux. Les deux mères ont carrément pleuré, dis-je en souriant.

Caleb sourit également. Il but une gorgée de sa bière puis regarda la foule.

— C'est vrai. Mais c'est bizarre de pouvoir pleurer autant à un mariage.

— Eh bien, les deux mariés sont les plus jeunes de six frères et sœurs, je crois.

— Mon Dieu, je pensais que quatre, c'était déjà énorme.

— Attention qu'Amelia ne t'entende pas dire ça. Elle te donnerait encore un coup de pied dans le tibia.

— Au moins, tu en as un de cassé. Ça te permet d'y échapper.

— Pour le moment. Dès que le plâtre sera retiré, je suis sûr qu'elle se remettra à me frapper.

— C'est notre petite sœur.

Caleb regarda à nouveau la piste de danse, le regard soudain intéressé par quelque chose ou quelqu'un. Je regardai ce que c'était, mais en vain. Je ne savais pas grand-chose de la vie privée de Caleb. Après tout, il avait beaucoup bougé pendant un certain temps. Mais il était de retour maintenant. Et de savoir que quelqu'un attirait son attention, eh bien... je devais voir qui c'était.

Il devait y avoir une centaine de personnes sur la piste de danse, tout le monde s'agitant, dansant, riant et s'amusant.

Je reconnus pourtant une personne.

Intéressant.

Mais je n'allais pas faire de commentaire, sinon il parlerait d'Erin, et je n'étais vraiment pas d'humeur.

Maintenant, il me fallait vraiment une putain de bière. Je n'avais pas pris de cachets contre la douleur de la journée, alors je pouvais en prendre une. Vu que ma famille ne voulait pas m'en donner, j'allais devoir m'en chercher une tout seul.

— Je vais aller m'asseoir à l'intérieur.

— D'accord, grogna Caleb en détournant à contrecœur son regard de la piste de danse.

Très, très intéressant.

Je boitillai jusqu'à la cuisine, reconnaissant d'être seul un moment. Je sortis une bière du seau, fis un signe de tête au traiteur et continuai d'avancer.

Ce n'était pas facile de boitiller avec des béquilles et une bière à la main, mais je réussis... si on veut.

Une fois dans la cuisine, je m'assis sur une chaise avec un gémissement audible. C'est alors que je remarquai le gâteau.

Il y avait déjà le gâteau de mariage principal dans la salle de danse, celui qui allait bientôt être coupé, mais ça, ça devait être le gâteau du marié, selon la tradition locale.

Il était magnifique : en chocolat avec des coupes de beurre de cacahuètes faites maison et des petites voitures de course partout. Parfait pour l'un des mariés.

L'autre gâteau aussi était un gâteau de mariage, mais plus traditionnel – pour la famille, je supposai. Il était tout en motif de dentelle avec du noir et du rouge profond qui ressemblait à une cascade cramoisie présente à tous les niveaux. Il était assez grand pour nourrir les cinq cents personnes présentes au mariage.

Puis je remarquai qu'il y avait un bol suspendu à celui-ci, et je me demandai ce que c'était.

— C'est un bol de chocolat ?

— Oui. C'est un cygne déconstruit. Dès que je verserai de l'alcool dessus et que je le flamberai, il fondra sur le gâteau, et tout le monde pourra se régaler.

Elle et aucune autre

Je me figeai en reconnaissant cette voix. Je ne connaissais que deux personnes capables de faire des gâteaux aussi délicats et délicieux. L'une était à Colorado Springs et était de ma famille par alliance. L'autre ? C'était celle que je ne voulais pas revoir et pourtant si.

Je levai les yeux et la vis, les mains jointes devant elle, le visage pâle.

— Je ne savais pas que tu travailles ici.

— Oui. Ils m'ont demandé d'être là pour couper le gâteau. Ça commence dans une trentaine de minutes. J'étais en train de mettre la dernière touche car ils veulent avoir les deux en même temps.

Je me levai et m'appuyai sur ma béquille, et elle tendit la main avant de se forcer à reculer.

C'était mieux. Je n'étais pas sûr de ce que je ferais si elle me touchait.

— Ça a l'air fantastique.

Elle m'offrit un sourire sans joie. Est-ce moi qui avais fait ça ? Ou s'était-on fait ça l'un à l'autre ?

— J'ai beaucoup travaillé dessus. Je suis contente que ça ait l'air bien.

— Ça a l'air mieux que bien, Erin. Tu es tellement talentueuse.

— Merci.

Il y eut un silence gêné que j'aurais voulu combler, mais je ne savais pas quoi dire. Je détestais ça. J'avais toujours trouvé tellement facile de lui parler... depuis qu'elle était entrée dans ce bar avec sa robe à paillettes. Il n'y avait jamais eu un moment où je m'étais senti obligé de me retenir ou de faire des efforts. Pas jusque-là.

Je détestais ça.

— C'est bon de te voir bouger. Mais tu ne devrais pas être assis ailleurs en ce moment ?

Ses paroles me sortirent de mes pensées et je secouai la tête.

— Je vais bien. Je me suis juste échappé pour prendre une bière.

Je sentis mes joues se réchauffer alors que ses sourcils se haussèrent.

- Vraiment ?

— Oui. Je n'ai pas pris d'analgésique de toute la journée, mais Amelia et Caleb refusent de me laisser prendre une bière. C'est comme s'ils avaient peur que je trébuche. Mais j'en avais trop envie.

— Eh bien, je ne le dirai pas si toi non plus.

Elle m'adressa un sourire conspirateur qui m'alla droit au cœur et au sexe.

Merde, elle serait ma mort. Mais quel chemin à parcourir.

— Je ne savais pas que ta famille aussi serait ici. Mais il semble que tout Denver ait été invité.

— Oui, c'est un peu ridicule.

— Mais c'était un beau mariage.

— Michael et Tony savent vraiment comment faire la fête.

— Oui, c'est certain, dit-elle en se tordant nerveusement les mains avant d'ajouter : Je suppose que je devrais y aller.

— Non, dis-je sans réfléchir.

Elle leva aussitôt les yeux.

— Pourquoi ?

— Parce que j'aurais dû venir te parler. Je n'aurais pas dû te laisser partir. Je n'aurais même pas dû partir quand tu m'as

Elle et aucune autre

dit de le faire, dis-je en posant ma bière et en boitillant jusqu'à elle.

Elle me rejoignit à mi-chemin, le visage encore plus pâle.

— Je n'aurais pas dû partir comme je l'ai fait ni te blesser comme ça. J'avais tellement peur que j'ai pris toute une série de décisions stupides, et elles se sont accumulées.

Je m'appuyai sur une béquille et posai l'autre à côté de moi sur l'îlot pour prendre son visage entre mes mains. Elle était si douce, si chaude. Ça m'avait manqué. Tout m'avait manqué chez elle et je détestais avoir laissé ma colère et mes problèmes se mettre entre nous.

— Tu avais mal et je le voyais bien. Mais mon ego en avait pris un coup, alors je suis parti. Je t'ai laissée me repousser.

— Je n'aurais pas dû le faire du tout.

— Peut-être que si. C'est toi qui avais défini les règles de notre relation, et c'est moi qui ai cherché à les changer.

— Mais c'étaient des règles idiotes. On ne peut pas décider de ne pas tomber amoureux, s'exclama-t-elle avant de se taire, les yeux écarquillés.

— Tu m'aimes ? demandai-je dans un grondement.

— Peut-être.

— Eh bien, peut-être que je t'aime aussi.

Elle resta sans rien dire, sans bouger, et je n'y comprenais rien. J'avais toujours été plus doué que ça avec les mots. Mais là j'étais nul. Qu'est-ce qui n'allait pas chez moi ?

— Je pense que je suis tombé amoureux de toi à l'instant où je t'ai vue dans cette robe à paillettes. Mais tu étais mariée.

— Et ensuite... je ne l'étais plus.

— Je ne sais pas ce que l'avenir nous réserve. Tout ce que

je sais, c'est que je me suis détesté sans toi. J'ai détesté ce que j'ai ressenti et cette impression d'avoir perdu un membre. Et je ne parle pas de la jambe cassée.

— Je n'arrive pas à croire que tu aies eu cet accident.

— Mais le chien va bien, et je vais guérir. Mais je ne serai pas à cent pour cent si tu n'es pas auprès de moi. Alors, ne t'en va plus, Erin. Faisons des efforts là-dessus, essayons de comprendre. Parce que je veux voir tous les gâteaux que tu es capable de faire. Je veux te voir sourire et danser avec moi dès que je pourrai à nouveau le faire. Je veux sortir avec toi et voir jusqu'où on peut aller. Je veux t'aimer, Erin. Je veux être à tes côtés quand on a peur et qu'on essaie de fuir. Je veux être celui vers qui tu cours. J'aurais dû te dire tout ça quand tu es venue à l'hôpital, mais j'ai mal réagi. Tu as essayé de t'excuser, et je me suis mis en colère. Je n'aurais pas dû.

— Tu as le droit d'être en colère. Et c'est quelque chose dont nous devons tous les deux nous souvenir. Nous avons tous les deux le droit d'avoir des sentiments, mais nous devons en parler.

— Je t'aime Erin. J'aime tout de toi. Tes références démodées à la culture pop et tes coups de colères identiques aux miens. J'aime aussi que tu apprécies mon pick-up autant que moi.

— Ta voiture me manque.

Elle rougit et je compris qu'elle pensait à ce que nous avions fait dedans.

— Je veux réessayer et réussir. Et je ne veux plus fuir.

— Je ne me sauverai plus.

— Parfait.

— Je t'aime, Devin. Je ne voulais pas tomber amoureuse de toi. J'avais si peur que tu me quittes que je t'ai quitté en

Elle et aucune autre

premier. J'ai fait une erreur que je ne veux plus refaire. Alors, donne-moi une seconde chance. Laisse-moi t'aimer. Je ferai de mon mieux pour te montrer que j'en vaux la peine.

Je posai mes lèvres sur les siennes, juste une douce caresse.

— Je sais que tu en vaux la peine, Erin. Nous en valons tous deux la peine. Alors, avançons tous les deux. Ensemble.

Je l'embrassai à nouveau en ignorant les hululements et cris de ma sœur et de mon frère dans l'embrasure de la porte, qui étaient venus poser des questions sur le gâteau. Ils pouvaient attendre. J'avais attendu Erin toute une vie.

J'avais attendu ce qui me paraissait une éternité.

Mais à chaque pas, à chaque choix que je faisais, je savais qu'avec elle j'aurais le souffle coupé.

Je savais que ça ne serait pas facile, mais nous allions réussir parce qu'il n'y avait plus de marche arrière pour nous.

J'avais dit la vérité en disant que j'étais tombé amoureux d'elle dans sa fameuse robe. J'étais tombé amoureux du feu dans ses yeux.

Et j'avais hâte de voir où elle m'emmènerait ensuite.

Épilogue

ERIN

Je me cambrai contre lui, les épaules pressées contre le mur et le dos arqué.

— Plus fort, haletai-je en ondulant mes hanches.

— Tu l'auras voulu, grogna-t-il avant de me marteler avec force.

J'avais une main sur le mur pour rester stable et l'autre enfoncée dans son épaule. Ses deux mains à lui agrippaient mes hanches et mes fesses, les serrant alors qu'il me pilonnait.

Nous étions nus en plein milieu de mon salon où nous baptisions le mur qui menait à ma cuisine.

Nous allions finir par manquer de nouveaux endroits où faire l'amour dans ma maison et la sienne, et comme nous n'avions pas l'intention de déménager, ça signifiait qu'on devait trouver de nouvelles positions.

Du moins, c'est ce qu'il m'avait promis.

— Mets ta main entre nous si tu veux laisser ton esprit vagabonder comme ça, grogna-t-il.

Je gémis et retirai ma main de son épaule pour la poser sur sa bouche. Quand il me lécha les doigts, mon sexe fut parcouru de frissons, et j'adorai voir ses yeux se refermer quand je me contractai.

C'était mon mec. Il savait exactement ce que j'aimais et comprenait ce que nous voulions tous les deux.

Je glissai ma main sur mon ventre entre nous pour pouvoir écarter de deux doigts l'endroit où son sexe me pénétrait, et utilisai mon pouce pour jouer avec mon clitoris.

Ça durait depuis si longtemps qu'il ne me fallut que quelques rapides caresses pour jouir et que mes parois internes se resserrent autour de sa queue.

Il cria et me martela une ou deux fois de plus avec une telle force que mon dos en tapant le mur secoua les photos accrochées de chaque côté de nous.

— Merde, grogna-t-il.

— Je crois qu'on va devoir vérifier les fondations. C'est un mur porteur ?

— Regarde-toi, à t'inquiéter des fondations.

— Tu devrais écouter la chanson d'Eric Church. Ça pourrait arriver. Et tu te souviens de Buffy et Spike ? Ils ont complètement détruit la maison.

— On pourrait essayer. Je parie qu'en s'entraînant, on pourrait faire tomber les cloisons.

— Hors de question, dis-je en souriant et en me contractant à nouveau autour de lui.

Il gémit et m'embrassa doucement.

— Tu ne veux pas que je te baise aussi fort ?

— Oh, si. Mais n'abîmons pas la maison et restons prudents. Et puis tu commences à peine à guérir.

— Eh, oui. Je peux même faire l'amour sur mes deux jambes.

Il m'éloigna du mur et je laissai échapper un cri en m'agrippant à lui, consciente qu'il était toujours en moi.

C'était très intéressant et j'adorais.

— Tu vois ? Deux jambes et sans les mains. Voici ma prouesse.

Je ris. Qui aurait pensé que je serais capable de rire avec lui en moi ? J'aimais cet aspect de notre relation : passionné, sexy et juste nous.

— Je suis si fière. Et tu sais quoi ? Je suis émerveillée par tes prouesses.

— Je crois bien, oui, dit-il en me faisant un clin d'œil.

— Maintenant, laisse-moi descendre et aide-moi à nettoyer parce que tes frères, Thea, Amelia, Zoey, Tucker et Tobey ainsi que ma sœur et sa famille vont bientôt être là. Et le dîner va brûler.

Il prit la serviette que nous avions posée près de nous et me fit lentement glisser de son sexe. On se dirigea alors vers la salle de bain pour prendre une douche.

— C'est d'ailleurs pour ça que c'était un coup rapide, déclara-t-il. Je ne veux pas que ma famille voie mon cul.

— Caleb n'a pas dit qu'il t'avait aidé à prendre une douche ?

— Ne parlons pas de ça. Jamais.

Je relevai mes cheveux et me lavai rapidement en faisant bien attention à rester hors de portée de ses mains. Il était rapide. Pour quelqu'un qui avait récemment perdu un

Elle et aucune autre

organe et qui retrouvait à peine la capacité de marcher normalement, il était très rapide.

— Au fait, déclara-t-il alors que nous nous séchions. Il se peut que Tobey ne vienne pas. Il a dit qu'il avait quelque chose à faire.

— Quelque chose ? demandai-je.

— C'est ça.

— Intéressant.

— Tu connais ma famille. Nous sommes très intéressants.

Je secouai la tête et me mis sur la pointe des pieds pour l'embrasser.

Il ne s'était pas rasé, mais avait mis de la lotion sur sa barbe. Étant donné que c'était notre troisième douche de la journée parce qu'on n'arrêtait pas de se sauter dessus, on commençait à avoir le coup de main.

— Je t'aime, Devin.

— Je t'aime aussi, dit-il en me giflant les fesses à travers ma serviette.

— Si on ne se dépêche pas, ils vont tous voir ton cul, dis-je en riant.

La sonnette retentit et on se regarda avant de rejeter la tête en arrière et d'éclater de rire.

— Je crois qu'on est en retard.

— Non, ils sont juste en avance.

— Je ne pense pas que ce soit le cas.

— Tu as raison, mais, vite, mets un pantalon et je vais chercher ma robe.

— Je suis sûr qu'on l'a laissée dans la cuisine.

— Merde.

— Hé, vous deux, on est entrés, déclara Caleb depuis le

salon. Et je vois une culotte en dentelle. Je suppose que le dîner aura du retard.

Je posai mes mains sur mon visage et poussai un gémissement.

— Je ne vais pas pouvoir me cacher longtemps.

— Je ne comprends toujours pas pourquoi tu as laissé une clé à Amelia, grogna Devin en enfilant son jean.

— Je pensais que ce serait plus prudent. Pour les urgences.

— Il n'y a pas d'urgences quand il s'agit de ma famille.

— Je commence à m'en rendre compte.

— Oui, et imagine quand on sera mariés. Ça ne fera qu'empirer. Tu vas officiellement faire partie de la famille.

Je me figeai en le regardant. Il me dévisagea alors et battit des cils.

— Tu viens de dire « mariés » ?

Il déglutit puis détourna le regard.

— Euh, oublie que j'ai dit ça.

— Tu ne veux pas te marier ?

Je ne savais pas trop ce que je ressentais, mais la déception pointait sa petite tête.

— Est-ce que tu peux attendre deux jours que je prépare un bon dîner et du champagne, et que je me mette à genoux comme je l'avais prévu ? Et pas quand je suis à moitié nu avec mon frère à côté qui tient probablement ta culotte ?

Les mains tremblantes, je le fixai.

— Mariés. Tu me demandes de t'épouser ?

— Je te demande d'attendre que je te demande de m'épouser, dit Devin en se pinçant l'arête du nez. Mon Dieu. Je ne suis vraiment pas doué. Je t'ai dit que j'avais un bon

Elle et aucune autre

bagou, mais c'était avant de te rencontrer. Depuis j'ai perdu ma capacité de parler.

— C'est la chose la plus gentille que tu m'aies jamais dite.

— Oui, mais je suis un putain d'idiot. J'allais attendre pour te faire ma demande. Un moment sympa. Et pas maintenant.

— Qu'est-ce qu'elle a dit ? demanda Caleb de l'autre côté de la porte.

Devin et moi laissâmes échapper un cri aigu.

— La ferme, cria Devin.

— Quoi ? Je n'ai pas touché à la culotte. Elle a dit oui ?

— Il n'a pas encore fait sa demande, dis-je sans trop savoir d'où sortaient les mots.

Devin se contenta de me regarder. Puis, sans un mot, il se mit à genoux et les larmes emplirent mes yeux.

— Erin, chérie. Il y aura toujours de meilleures façons de le faire et des lieux plus appropriés, mais dans une des maisons où j'aime être avec toi, c'est peut-être le meilleur endroit finalement. Je veux passer le reste de ma vie avec toi. Je veux vivre avec toi et te voir sourire tous les matins, te serrer dans mes bras au moment de dormir et vivre cette folle vie qu'est la nôtre et découvrir ce qui se passera ensuite. Je veux que tu m'apprennes à faire des gâteaux et te voir faire autant de blagues que tu veux parce que je sais que ça te fait sourire. Je veux simplement être avec toi. Veux-tu m'épouser, Erin ?

J'essayai de dire quelque chose, mais j'étais trop occupée à étouffer un sanglot. Je n'avais jamais imaginé que je me remarierais. Je pensais l'avoir déjà fait. Mais Nicholas était déjà remarié et vivait sa vie. Et je ne l'aimais plus.

C'était l'homme devant moi que j'aimais. De tout mon cœur.

Alors que je me tenais là, couverte d'une serviette avec l'amour de ma vie— le véritable amour de ma vie— à genoux devant moi, qui n'avait pas encore de bague, je fis la seule chose pensable.

Je baissai la voix, les mains tremblantes, et dis :
— Oui.

Le prochain tome de la série *L'un et l'autre* ?
C'est le tour d'Amelia dans *Nul autre que toi*

N'oubliez pas de vous inscrire à ma LISTE DE DIFFUSION pour savoir quand les prochaines publications seront disponibles, participer à des concours et obtenir des *lectures gratuites.*

Note de Carrie Ann

Je vous remercie d'avoir lu Elle et aucune autre! Si vous avez aimé cette histoire, j'espère que vous envisagerez de laisser un avis ! Les avis sont utiles pour les auteurs *et* les lecteurs.

La série se poursuit avec Nul autre que toi!

L'un pour l'autre:
    Tome 1: Elle et aucune autre
    Tome 2: Nul autre que toi
    Tome 3: Rien d'autre que nous

Et d'autres encore !

Pour vous assurer d'être informé de toutes mes nouvelles parutions, inscrivez-vous à ma newsletter sur www.CarrieAnnRyan.com ; suivez-moi sur Twitter @CarrieAnn-Ryan, ou sur ma page Facebook. J'ai également un Fan Club Facebook où nous discutons de sujets divers, avec annonces et autres goodies. C'est grâce à vous que je fais ce que je fais, et je vous en remercie.

Note de Carrie Ann

N'oubliez pas de vous inscrire à ma LISTE DE DIFFUSION pour savoir quand les prochaines publications seront disponibles, participer à des concours et obtenir des *lectures gratuites*.

Bonne lecture !

De la même autrice

Montgomery Ink:
    Tome 0.5 : À l'encre de ton cœur
    Tome 0.6 : À l'encre du destin
    Tome 1 : À l'encre déliée
    Tome 1.5 : À l'encre de ton âme
    Tome 2 : À dessein prémédité
    Tome 3 : D'encre et de chair
    Tome 4 : Attrait pour trait
    Tome 4.5 : À l'encre des secrets
    Tome 5 : Entre les lignes
    Tome 6 : En pointillé
    Tome 6.5 : À l'encre de nos rêves
    Tome 6.7 : À l'encre de tes yeux
    Tome 7 : Nos desseins ravivés
    Tome 7.3 À l'encre de nos vies
    Tome 7.5 : À l'encre de nos choix
    Tome 8 : Motifs troubles
    Tome 8.5 : À l'encre de ton corps

De la même autrice

Tome 8.7 : À l'encre de l'espoir
Tome 9 : Point à la ligne
Tome 10 : À grands traits
Tome 11 : En pleins et déliés

L'un pour l'autre :
Tome 1 : Elle et aucune autre
Tome 2 : Nul autre que toi
Tome 3 : Rien d'autre que nous

Whiskey Town :
Tome 1 : Comme un avant-goût
Tome 2 : Un goût d'inachevé
Tome 3 : Le goût des secrets

Les Frères Gallagher :
Tome 1 : Un amour nouveau
Tome 2 : Une passion nouvelle
Tome 3 : Un nouvel espoir

Sorcellerie à Ravenwood
Tome 1 : Mystères de l'aube
Tome 2 : Révélations au crépuscule
Tome 3 : Clarté nocturne

Redwood :
1. Jasper
2. Reed
3. Adam
4. Maddox

De la même autrice

5. North
6. Logan
7. Quinn

Griffes
1. Gideon
2. Finn
3. Ryder
4. Bram
5. Parker

Pour plus d'informations, abonnez-vous à la LISTE DE DIFFUSION de Carrie Ann Ryan.

À propos de l'auteur

Carrie Ann Ryan n'avait jamais pensé devenir écrivaine. C'est seulement quand elle est tombée sur un roman sentimental alors qu'elle était adolescente qu'elle s'est intéressée à cette activité. Lorsqu'un autre romancier lui a suggéré d'utiliser la petite voix dans sa tête à bon escient, la saga *Redwood* ainsi que ses autres histoires ont vu le jour. Carrie Ann a publié plus d'une vingtaine de romans et son esprit foisonne d'idées, alors elle n'a guère l'intention de renoncer à son rêve de sitôt.

Lightning Source LLC
LaVergne TN
LVHW031537060526
838200LV00056B/4541